モノローグ集
穴

渋谷悠

論創社

はじめに

1　モノローグとは

モノローグとは、演劇や映画などにおいて1人で喋る台詞のことです。観客には見えないけれど、そこに誰かがいる設定で話すものや、第4の壁を破って観客に語りかけるものなど、対象は様々です。心の中の独り言という場合もあります。

この「モノローグ」という言葉を聞くと「プロローグ」や「エピローグ」を連想する人が多いらしく、日本ではあまり定着していないようです。検索すると定義や何かのタイトルは見つかっても、モノローグの台本は出てきません。「一人芝居」や「独白」の方が幾分馴染みがあるようです。

しかし英語圏ではモノローグのデータベースがいくつもあります。性別、年齢、長さ、時代、コメディなのかドラマなのか、用途に合わせて探すことが可能です。

何故そこまで充実しているかと言うと、初心者からプロに至るまで、演技クラスやオーディションでモノローグを演じる文化があるからです。演劇や映画という芸術の発展にモノローグは必要だったのです。

英語圏の俳優は、あらゆる登場人物の喜怒哀楽の表現を、モノローグを通して日々訓練しています。1人で出来るので訓練やオーディションの準備に向いているという側面もあるでしょう。


日本には、比較的長めの一人芝居の本はあるようですが、僕の知る限り5分～10分で起承転結する作品集は見当たりません。この本を機に、モノローグというもの自体、広まって欲しいと願っています。

2 この本の使い方

そういうわけで、自由に使ってください。

演技クラスやオーディションで使いたいという俳優さん。是非。モノローグを録画して監督・プロデューサー・芸能事務所に送りたい。どうぞ。

ワークショップやオーディションのテキストとして使いたいという監督さんやプロデューサーさん。是非。俳優の実力を見たいけど本が1ページも書けていないという作演さん。どうぞ。

公演も自由な発想で組み立てて欲しいです。

この本には女優モノローグが19個、俳優モノローグが20個、そして女性が6人登場するアンサンブルシーンが1つ、合計40作品集録されています。

何人か仲間を集めてやりたいモノローグを選ぶも良し。1人で何役も演じて公演にするも良し。朗読劇をやるも良し。

女優のグループがあえて俳優モノローグを演じても面白いかも知れないし、その逆だって見てみたいです。あなたにしか出来ないモノローグ公演を模索してみてください。

アンサンブルシーンの『魔法』はモノローグではありません。公演をする際、ペースを変えたい時などに活用してください。

上演許可に関しては巻末をご参照ください。うるさいことは言いません。良かったらアフタートークなどに呼んでください。微力ながら宣伝の協力をさせて頂きます。そして物販でこの本を売らせてください（笑）。

中には性別に依存しないモノローグもあります。例えば『穴』は女優モノローグとして書いた作品ですが、都内のアクティングスタジオでは男性も演じています。僕の感覚では『祈り』『プレゼンテーション』『ざらざら』『点繋ぎ』辺りも性別に関係なく演じられるんじゃないかと思っています。

その他、主語をいじる程度で成立するなら、チャレンジしてみてください。

3　テキストについて

ト書きや指示について少々。

（間）（短い間）これらは観客に間を感じて欲しい時に使っています。登場人物が何も言えない。待っている。ぎこちない。見えない対象が長めに喋っている、などがこれに該当します。必ずしも間＝長さではありません。間の感じ方は相対的で、それまでの台詞が速ければ、1秒でも間として体感出来たりします。沈黙が聞こえる感じ、とでも言いましょうか。

文の頭や終わりにある三点リーダー【……】【…】も間が生じるという意味では同じなのですが、登場人物の言いづらいことや言い足りないことが流れています。従って、観客に間として認識させる必要はありません。まるで登場人物の思考が聞こえてくる感じだからです。

勿論、解釈によってはどっちでもそう変わらない箇所もあります。

登場人物の台詞だけでは、見えない対象の台詞が推測しにくい場合、カッコ内に簡単な内容を書きました。無くても分かりそうな場合は指定していません。モノローグによっては改行で表現しているケースもあります。つまり、行と行の間で見えない対象が何かしら喋っている、ということです。

基本的に、ト書きは俳優や演出家を助けるために書いたものです。読み解くヒントとしては重要視して欲しいですが、やりたいことの妨げになるようであれば無視してくださってなんら問題ありません。

4 最後に

この本は2013年に僕が作・演出をした女優モノローグ劇『穴』に27作品追加したものです。

参考までに、その時は6人のキャストを集めて、モノローグ6個→アンサンブルシーン→モノローグ6個という構成にしました。１００分行かないくらいの長さだったと記憶しています。

順番は以下の通り：『作り話』『生まれ変わる』『好き』『メリーゴーラウンド』『息子』『魚』『魔法』『穴』『インタビュー』『メデューサ』『勧誘』『うん』『祈り』

モノローグのいくつかには原案者がいます。出版が決まってから「僕1人では書けない色んな人の閃き・体験・想いを詰め込めないか?」と考え、論創社さんとプロジェクトマネージャー西田みゆきさんのご協力の元、原案募集をさせて頂きました。

応募して下さった皆さん、ありがとうございます。採用に至った皆さん、おめでとうございます。出版という夢の1つを、こういった形で多くの人と共有出来て嬉しく思っています。

ではでは、続く39人のスライス・オブ・ライフを楽しんで頂ければ幸いです。

渋谷悠

目次

女優モノローグ

生命線

右手に軽く包帯を巻いた女が手相占いに来ている。


あ、分かります？　さっすが勘解由小路《かでのこうじ》先生。

いえね、娘が絵を描いてくれたんですよ。

うちの子は個性が強いから幼稚園じゃ言うこと聞かなくて困るってしょっちゅう言われるんですけど、ちゃんと「ママへ」って字も、絵のここらへんに書いてあって、緑のクレヨンで、やっと普通の子に追いついたって思って嬉しくて…。

本当、勘解由小路先生の仰った通りになりました。

あ、いや、怪我じゃないんですけど先週先生が教えて下さった方法じゃ上手くいかな…あでもこっちを見て……じゃあ、左だけにしましょうか…。


女、左手を見せる。

あ、はい、運命線の隣りだから、太陽線ですよね。

いえいえ、先生の本をちょっとずつ読んでるだけです。あたしの場合、太陽丘にスターとかフィッシュとか特殊紋がないから…。

え？　あ、本当ですね、太陽線にかかる障害線が薄くなってるってことは、幸福度が上がるってことですよね？

わーやっぱり。娘のこともそうですけど、なんかもう、感じちゃってます。さっきコンビニのくじ引きで、栄養ドリンクが当たったんです。


あの先生？　この間ほら、手相を変える方法を教えてくださったじゃないですか。で、先生のお言いつけ通り、ボールペンで跡がつくようにやってたんですね、生命線を延ばしたくて。でもイマイチ延びてる感じがしないもんで、ちょっと検索しちゃって、銀のラメ入り？　のボールペンがいいって書き込みを見つけたんです。2〜3日試したんですけど、これも延びてる感じがしないもんで…。

（女、包帯を取りながら）ちょっと、見てもらえませんか？

カッターでやったら延びました、生命線。ほら。

ちゃんと出来てるか見てもらえませんか？

あの、ちゃんと勘解由小路先生に相談してからカッター使えば良かったんですけど、その時は書き込みで頭が一杯になっちゃって、あの、織田信長の手相が刀傷で変わって、それで運気が上がったたって書いてあったんです。でも、これやった後に気になってもっと調べたら、自分で手相を変えると弊害が増えるとか、不幸が降りかかるって書き込みもあって、結構あって、あーあたしどうしよう、大変なことしちゃったかも知れないって……。


先生ね、娘は自閉症なんです。

1人で生きていくことは、きっと出来ないと思うんです。

あたしの生命線だと40歳、良くて50歳くらいまでしか生きられないでしょう?

それじゃダメなんです、1日でも長く娘より生きないとダメなんです。

(改めて右手を差し出して) どうですか? ちゃんと出来てますか? 自分で変えたらダメって本当のところはどうなんですか?

……そうですか! 良かったぁ。ああ、良かった。

ありがとうございます。ありがとうございます。

じゃあ、帰ったら左手もやりますね。

生まれ変わる

酔った女、ハムスターケージに話しかける。


なんでそんなにブスッとしてるの？

ハムスターなんだから、ほっといたって可愛いはずでしょ。

ストレス溜まりやすいんだってね、あんたたち。

それと関係あんのかな、その不満そうな顔。

きっと名前が気に入らないんだねー。

ね、ヒットラー。


あんたはね、ヤツの生まれ変わりなんだ。

生まれ変わりとか全然信じてないけど、君の場合は当てはまるんだ。

だってね、人生の過ごし方で来世が決まるなんてさ、それシステム的にどーなの？　って話じゃん。

駄目なやつはなに、次は動物とか虫に落とされんでしょ。
もうさぁ、虫から人間に戻るにはどう過ごせばいいのさ？
虫なりの善行なんて想像できないっしょ。
大体、人間みーんなロクな生き方してないんだから、人間はどんどん減ってさ、
生まれ変わりランクの低い雑草とか、寄生虫とか、そんなのが増えてるべきで
しょ。理論的じゃないのよ。理論的な男は嫌いだけどね。
「君の話は辻褄が合わない」って…。うるさいんだよ。
第一辻褄ってなに？　合わなきゃ駄目そんなに、辻褄？
（ハムスターを見て、笑う）ほんっと不細工。自分が美人に思えてくるわ。
鏡の代わりに毎朝あんたを見ることにする。
ヒットラー、あなた覚えてる？
どうやってようやくハムスターになったか、教えてあげるね。
だからブスッとしなさんな。ほおぶくろ入れ過ぎだって。

あなたはね、ベルリンで自殺した後、ゴキブリに生まれ変わったの。
誰がどう見ても、最低ランクからやり直しだって、なんかもう満場一致。
輪廻転生委員会で満場一致。

あんたはゴキブリになって、心を入れ替えた。

だからね、ゴキブリホイホイを設置した子供をね、喜ばそうとして引っかかってあげるんだ。

それが委員会に認められて次はイワシになった。

もともと統率力のあったあなたはイワシの大群を率いて、クロマグロとかサメとか、天敵から必死に仲間を守ったの。

でもこれは生態系がちょっと影響受けたのね、クロマグロが減って、市場の値段とかもなんか、変動して…。

こやつは群れる生き物にしない方がいいんじゃって、輪廻転生委員会の長が提案して、みんなうんうん確かにって、だから次はサボテンだったの、どっか砂漠の。

ずっと1人で太陽にジリジリ焼かれ、砂嵐に吹かれ、誰の為でもなくトゲだらけの身体を大きくしていったんだよね。

ヒットラーだった頃、あなたが心に生やしたトゲは、この時ぜーんぶ外に出しちゃったんだ。

なんか、シャキーンって。あれだよほら、デトックス。とげ抜き。

それでようやく、誰が触っても安全な生き物になったんだよ。

でもさ、あんたも触られるのに慣れてないじゃん？
だもんだからハムスター。
臆病で、ストレスの溜まりやすいハムスター。
ちょっと撫でてもらうぐらいがちょうどいいわけ。
おまえは、ゆっくり、ふれあいに慣れてゆけ。
誰だってそうだよね。
あんたは可愛がってもらう必要があったんだよ。
毎日ちょっとでも撫でてもらってればさ、誰も虐殺なんてしないよ…。
ね、ヒットラー？（噛まれて）いてっ！

メデューサ

お元気ですか？
この手紙を書くにあたって、どんなふうに始めれば良いか、
私は本当に長いこと悩みました。
窓の外の風景、例えば家々の屋根が描く線と電線の間に、
空が挟まっているように見えるとか、
まるで詩人のような文章を書いたこともありました。

本当は、お元気ですか？　などと、最初から質問したくはないのです。
返事を求めていると思われたくはないし、
あなたという人間は、死んでさえいなければ、おそらく元気だと思うのです。
返事がいらないと言っているのではありません。
ただ、そう思われたくないだけです。
これには、大きな違いがあるのですが、その違いが分かる人なら、

今、こんなことにはなっていないのかも知れませんね。

奥さんとはその後、どうなりましたか?
上のお子さんはもう中学生ですよね?
また質問してしまいました。
あなたと別れてから、2年の間に質問が増えて増えて、
私は、血と肉と骨ではなく、数えきれない質問で出来ている気がします。
その気持ちが、この気持ちが、あなたに分かりますか?

でも、何かを聞きたくて手紙を書いているのではありません。
本当です、信じてください。
気付いてくれたかも知れませんが、私はあまり器用ではありません。
あれ以来、あなたとの思い出を頭の中で繰り返し、
時が経つほど記憶が色褪せていくことに、ただただ恐怖しています。
繰り返せば繰り返すほど、本当にあったことなのか自信を失っていくもので、
こうして手紙を宛てているあなたが、実在する人なのか、
分からなくなる日もあります。

例えば今日が、そんな日です。

前置きが長くてごめんなさい。
私がこんなふうにして伝えたかったのは、あなたの目のことです。
あなたは、目を合わせてくれませんでした。
目を合わせてくれなかったことを伝えたくて、手紙を書いています。
勿論、私の視線とあなたの視線が交差することはあったでしょう。
でも本当の意味で、目を合わせてくれたことは、
ただの一度も無かったと確信しています。
あなたの話を聞いているときも、
肌を重ねている最中も、その後も、無かったのです。

あなたは、メデューサをご存知ですか？
ギリシャ神話に登場する、見た者を石に変えてしまう怪物です。
あの神話を書いたのは、きっと女の人ですね。
目を合わせてもらえないことの苦しさを、
どこか深いところで理解していなければ、

人を石に変えてしまうなんて発想は浮かばないはずです。
なんで石なんでしょうね？
石にしてしまえば、いつまでも側に置いておけるからでしょうか。

小さい頃、弟がそういう絵を書いていました。
メデューサだとか、頭が牛の怪物だとか。
当時は、弟がなんであんなものを好きなのか分かりませんでした。
でも今は、あなたのことを思う時、
何故か一緒に弟の絵を思い出すことがあります。
そう言えば、最後まで、弟がいることを覚えてくれませんでしたね。
2人の人間があれほど肌を重ねれば、お互いの過去と現在が、
染みこんで混ざりあっていくものだと信じていましたが、
それも結局は、誰かが作り上げた怪物でした。

長くなってしまいました。
手紙なんて書いたのは、何年ぶりでしょう。
覚えていますか？　一度、私の字を褒めてくれたんですよ。

私はまた、記憶の中のあなたに会いに行きます。
目を合わせてくれている一瞬が、
どこかにあるかも知れないからです。
では、お元気で。

好き

デート中の女、彼氏に休もうと提案される。

うん！
(何かに腰掛けて、男を見る) 懐かしい、ああいうの見ると？
亮くん、高校の頃ピッチャーだったんでしょ？
亮くんが投げてるとこ、見たかったな…。
同じ学校だったらさ、見に行けたじゃん。
もうやんないの？
そっか。そだよね。
ファンが沢山いたんだろうなぁ、みんなキャーキャー言ってさ。
え、いたよ絶対、亮くんが気付かなかっただけ。いたって絶対。
じゃあ分かった、あたしがキャーキャー言う。
あたしはね、塾ばっか行かされてるうちに高校終わったって感じであんなふうに走り回って沢山汗かいたりするの、なんか羨ましくて。本当は吹奏楽部に興味が、ん、映画の時間？

（携帯か何かで確認し）まだちょっとあるよ。楽しみだね。


ね、亮くんあれやって。だからあれだよ。

（エスキモーキスをする）ふふ、亮くんの鼻の油がついちゃった。

（指で拭いてぺろっと舐める）ごめん引いた？　気持ち悪い？

気持ち悪いならやめるよ。

本当？　分かった、じゃあやめない。

味は別にしないよ。強いて言えば亮くんの汗の味。


（男を見る間）やっぱりちょっと懐かしいんでしょ。

ね、野球選手になりたいとかって思ったりした？

ふーん。え、じゃあ、なりたいものってなんだった？

あるじゃん、よく子供の頃親戚とかに聞かれてさーあ、あたしのお兄ちゃんはロボット博士とか言ってたよ。そうそう、そういうの。

女、携帯で動画を撮り始める。

あ、気にしないで喋って。
ほらほら、なりたかったもの、語って。
ポーズしないでいいから、これ動画だから。
写真じゃないってば、だからはい、続き。
（間）なんに使うのって、別に…。
（撮影をやめて）あとで、何度も見るだけだよ……。
嫌？　嫌なら消すよ。
うん、じゃあ大切に見るね。

亮くん。好き。
え、ちょっと、今鼻で笑った？
ひどーい。
本当はアレでしょ、好きって言えるあたしが羨ましいんでしょ？
亮くんも言ってみ、気持ちいいよ。
好きって言葉はね、自分の中から自分を取り出して、その子は多分裸で、こうやって両手で持って、はいってその子を差し出すの。

そんな感じだと思わない？

え？　タバコ？　もう切れちゃったの？

確かそこの角曲がったところに…ってかあたしも一緒に行くよ。

すぐそこだけど一緒に行きたい。

そう？　分かった。行ってらっしゃい。


女、待つ。ふと動画を思い出し、携帯で再生する。


んーふふ、かっこいい…。

「何？　写真じゃないの？」

写真じゃないよーだ。

「なんに使うの？」

こうやって使うのです。


動画が終わる。女、待つ。

男が行った方向を不安そうに見る。

そわそわ待つ。男が行った方向をまたしても見る。

亮くん…。

立ち上がり、男が行った方へ歩き出す。

亮くん…?

アロマセラピー

原案：中垣内彩加

女、彼氏を起こさないように枕カバーを外そうとしている。

なんでもないなんでもない、寝てていいよ。
あ、ちょっとだけ頭上げてもらえる？　そそそ。あはは、トモくん目やに凄い
ことになってる。

女、枕カバーを外す。

おし、お宝ゲット。これで今日のプレゼンもバッチリだぜ。
ん？　なんでもないから気にしないで。トモくんは休みなんだから寝てなよ。

女、枕カバーをサッと嗅いでから畳む。

だからなんでもないって。ちょっとしたお守り。

喋りながらジップロックを持ってくる。

あ、トモくんの分もフレンチトースト作っといたからチンして食べてね。ヨーグルトをちょっとかけると美味しくなるよ。無糖の方ね、小さいパックのじゃなく。あとさ、ゴミ出しお願いしてもいい？　さんきゅ。10時には来ちゃうからその前にお願いね。

枕カバーをジップロックに入れる。

いやだからお守りだって。これ？　だからこれに入れれば、逃げないでしょ、匂いが。

……うん、トモくんの匂い。

ちょっと待ってちょっと待って、引くのは早い。引くのは俄然早い。

アロマセラピーってあるじゃないですか。有名なのはまあ、ラベンダーの香りにはリラックス効果があるとか、柑橘系は何だったかな、鬱にいいとか不眠にいいとか、あるじゃないですか。つまりですよ、人間は匂いに癒やされる。これもう一大産業。

違う違う、加齢臭なんかじゃなくて、いや嘘、100パー加齢臭なんだけど、聞いて聞いて、あたしにとってはアロマなの。フレグランスなの。お店で売ってたら買うレベルなの。


今日大事なプレゼンがあるの知ってるでしょ？

あたしの企画が通ったらプロジェクトリーダーやらせてくれるかも知れないの。常務取締役も来るの。だからプレゼンの直前にこれを嗅いで、気持ちを落ち着かせたいの。

だってトモくん会社に連れてって、首すじとか耳の裏とかクンクン嗅ぐわけにはいかないでしょ。なにそれカオスでしょ？　それ以前にどちら様ですか？　って話でしょ。


え、そこ？　トモくん臭くないよ、いや嘘、臭いぐらいがちょうどいいって話。

はい、引くのは俄然早い。

落ち着いて考えてみて。シンキングタイム。

トモくんはこれからもっと年を取るんだよ。衰えてくんだよ。匂いも強くなる一方だよ。ある日突然桃の香りとか出てこないよ。

デオドラントやら香水やらで誤魔化すことはできても、匂いを出さないってことは出来ない、そうでしょ？

そこでだ。そこでですよ。ね。その匂いを臭いと感じる女がいいか、もっとちょうだいって言う女がいいか、はいこれ、どっちがいいですか？

（笑顔になり）でしょ？

ご理解して頂いたところで……。


ジップロックから枕カバーを取り出し、たっぷり匂いを嗅ぐ。

我に返り、不安そうに彼氏を見る。


……嫌いになった？

息子

クリーニング屋の女がカウンターにいる。


奥さん、全然取りに来ないから、そろそろお電話しようかと。

あ！　そうそう！　ブラウスのシミ落ちましたよ。

このスーツ、確か息子さんのよね。

以前、一度取りにいらしたことがあって…カッコイイわよねぇ。

うちのとは大違い。シャキッとしてて、顔立ちも整ってるし。

うちの息子なんて旦那そっくりで、犯罪にならないならゴミ袋に入れて捨てちゃいたいわよ、もう。いつの間にかぶくぶく太って…。

えーとですね、スーツをプレミアムで頼んでくださったから全部で６４５０円。

はい、１万円から。

それがね、奥さん、こないだかかってきたのよ、有名な、ほら、オレオレ詐欺。

本当にあるのねー。…まさか、騙されないわよ。

いやね、あなたの息子が痴漢で捕まったから振り込めって言うのよ。

会社に知られたくないなら示談金100万がどーたらこーたら。

あたしすぐに詐欺だと思って「息子は何をしたんですか？」って聞いたのよ。

そしたら電車内でお尻を触ったとか言い出して。

ひねりがないわよねぇ。

あたし言ってやったの「息子にそんな勇気はないわよ！」って。

それでも、息子さんの社会的地位が危ないですよって食い下がるから「お尻でも何でも触らせときゃいいのよ！　男と女なんだからそれくらいのことあるでしょ！」って怒鳴ってやったの。そしたら向こうから切った。

気持ち良かったー！　久しぶりに気持ち良かったの。

やっつけた、あたしやっつけてやった、って。


実を言うとね、息子が痴漢したって聞いて、嘘だと気付くまで一瞬ちょっと…喜んじゃったのよ。

こんなこと話すのもアレなんだけど、もう時代もね、だいぶ変わってきてるし、同性結婚を認める国の話がニュースになるじゃない？

何年か前にねぇ、息子に打ち明けられたの。

母さん俺ゲイだからって…。

もう、あたしもう…。デブでゲイってもう…。

だから女のケツ触って捕まるほうがまだマシよ。

100万円の示談金？　大歓迎。


何が良くなかったのかしらねぇ…。

あたし、ネット？　で色々調べたのよ、あそこの図書館のパソコン予約して。

原因ってものは無いらしいわね結局。だからゲイになる原因。

遺伝だって主張する人もいたけど…だったら旦那の血ね。

ナヨナヨした人なのよ。

ごめんなさいね、こんなこと話したの初めて。

息子のことは、本人は知られても平気だって言うんですけど、内緒でお願いしますね…。

え？　3回目？　あらそう？

でも奥さんにだけ3回話してるんですからね。

旦那とは、お見合いだったんですよ。この話はしましたっけ？

写真を見た時に一目惚れしたって言われて、会ってまた一目惚れしたから、2回一目惚れしましたって、そう言われて、あたし震えちゃって、突然物凄く緊張して、せっかくのご馳走がちっとも喉を通らなかったのよ。

それで、この人の前で普通にご飯が食べられるようになりたい。

そう思ったの。そう思っちゃったのが運の尽き。


クリーニング屋に嫁ぐのも、世の中を洗濯するみたいでいいじゃないなんて思ってたのよ。

そっから先はあたしの人生じゃないみたい……。

洗っても洗っても世の中汚くなる一方ねぇ。

あたし毎日泣いてる…お釣り？　あ、お釣りね。

はい、3000と550円のお返し。

また、来てくださいねー。

インタビュー

映画監督の女、インタビュアーと対面する。


あ、どうも、初めまして、ですよね一応？

何度かメールでやり取りさせて頂いたんで、そんな感じしなくて。

質問のリストありがとうございました、本当。

なんでも準備しないと気が済まないタイプで。

でもほら、シネマスタイルさんって言ったら有名じゃないですか。

映画ファンのバイブル的な…え？　しますよそりゃ、緊張どころか昨日もあんまり寝れなかったし…。

（別のスタッフに）あ、大丈夫です、あんまりコーヒー好きじゃないんで。

（インタビュアーに）ちょっと精神的にキツかった時期があって、その時から飲めなくなって。…ね、なんなんでしょうね。

それはさておき、やっちゃいましょー。

もうなんでも聞いて、って感じ。

え、リラックスしてないですか、あたし?

(なんとなく座りなおして)これ以上のリラックス出ませんよ、多分。

はい、宜しくお願いしまーす。


女、インタビュアーの質問を聞く。


その宣伝コピーは配給の人が考えたもので、あたしはピンと来てなくて。

誰も死なない戦争映画とか、血が流れない戦争映画とか、それは単純にそういうシーンを撮らないで、残酷さ、非情さ、なんかを表現したかっただけで…。

あと予算的なこともね、だいぶ大きかったたし。


女、インタビュアーの質問を聞く。


ええ、もとを辿れば、母の一言がこの映画を作るきっかけなんですね。

母は、戦争自体は勿論、戦争のニュースも世間話で触れることも、嫌いな人で。

で、まだあたしが高校生くらいの時かな、近所のお蕎麦屋さんで「あたし、女の人が作った戦争映画なら観る」ってなんかの会話で母が言って、それがずっと残ってたんですよね。

そうそう、あたしの中ではその会話が蕎麦屋であったことも好きで。

それで兄が「なんで？」って聞いたら「子供を産んだことのある人は違うと思うのよ」って。

ははは、そうですね、じゃあいつかそのシーンも映画に。


女、インタビュアーの質問を聞く。


そうですね、子供2人もいるんですけど、何かがガラリと変わるってことは無かったです。

あるかな、来るかなって思ってたんですけど…。

強いて言えば、母親に向いてないことに気付いたというか。

女が全員、母親になる為に生まれてきたわけじゃないというか。


女、インタビュアーの質問を聞く。

いや、おそらくあたしの場合もっと深刻で…。

あ、勘違いしないでくださいね、映画撮ってない時は家事だってしますしご飯もちゃんと作るんですよ、ただ、いわゆる母親の、無償の愛みたいなものは、隅々まで探しても、無いんじゃないかなーって。

本当、母親失格なんですけど、こっち側からすれば、逆に想像出来ないんですよ、子供の為に全てを犠牲にするなんて、世界で一番損な仕事だなって「仕事だ」って思っちゃうんです。

上の子が生まれた時も、みんな「なんて可愛い」「天使みたい」だとか、あたしはちっともそう思えなくて。

確かに、小さくて柔らかいけど、臭いものを毎日ちゃんと出す、垂れ流す、人間だ。あたしそんなものを産んだ、人間を産んじゃったんだと思って、ゾッとしたんです。


待って、例えばね、子供たちといるあたしを引きで撮って人に見せたら、この人頑張り屋さんだぁって、なんでこんなに頑張ってんだぁって、頑張って頑張って馬鹿じゃないこの人って、そう映ると思う。

女、いつの間にか泣いていた。

あれ、どうしちゃったんだろ？　ごめんなさい。
えー、なんでだ？　最近寝てないからかな…。
しっかりしろあたし。
もー映画に関する質問してくださいよ。
母親になってから、小さく硬い物が胸につっかかってるんです。
でもきっとそれが、あたしの魂なんです。

勧誘

女、友人宅の玄関にいる。

なんで、なんであなたさっきからあたしの心配ばっかしてんの？
そうじゃ、そうじゃないでしょ。
だって、あたし、あたし、じゃあ目見て。目見てくれれば分かると思うの。
あたし毎日自分の目見てね、昔と全然違うなって、もう、
輝きって言ったら、んん、それよりいい言葉が本当はあるはずなんだけど、
あたし自分の目が違うなって思ってそれで凄い嬉しいのね。
だから、だからあの、あなたにもちゃんと知って欲しくて。
ちょっとしつこいって思われてるし…。
なんかもう嫌われちゃう…かもしれないけど…。
こうやって、頑張る、のは、そういうことなのね。うん。
だって。だって…ノンちゃん幸せ？

そりゃさあなんか、旦那さん、
沢山お金稼いでる人だってのはなんとなく分かるし。
ねえ、だってこんないいマイホームにね、住んでるし。
お子さんたちも可愛いしね。
だけど幸せそうじゃない…よ。
幸せそうじゃないのがなんか…まあ…ごめんねそんなこと言って。
だから本当ね、1回でいいの、1回でいいから来てみて、集会。

凄くね、その、あたしもほら、最初、人にね、ちょっと誘われた時は、
あたしそういうの全然信じないしなんか嫌だよ、
気持ち悪いよって言ったんだけど、んん、
だからノンちゃんが見てそう思うんだろうなってのも凄い、分かるん、のね。
でも、でも本当のことだとわたし思っちゃったから。
思っちゃったっていうか本当のことだから。
だから来て欲しいし、知って欲しいのね。うん。

そこの人たちはね、みんな凄く………本当の意味で優しいんだよ。
例えば、だってノンちゃん。
ノンちゃん今あたしを家に入れないよね。
変になっちゃった人と思ってるでしょ。家に入れないでしょ。
なんであたし友達の家で、こんな玄関先でさ、ずっと話してんのかなって…。
でもそこはね、みんなそういうことしないの。
誰でも招き入れてくれるの、歓迎してくれんのね。
あたしみたいな人でも…。
だからノンちゃんは絶対みんな喜んでくれるよ、来たら。
そこの、あの、リーダーが、本当に、
なんて言うのかなぁなんか、うーんやっぱり、
愛のある人って言ったら、なんかもっと怪しくなっちゃうんだけど、
本当愛のある人で、本当に…なんかね、こう表面だけを見てる人じゃなくて、
あたしが本来進むべき道だったみたいなものが見えてる人なの。

んーとね、ちょっと専門的な言葉になっちゃうんだけど、
まあ人間にはパナセっていう物が大体5つくらい与えられてるのね、で、

それを、生きてる間にちゃんと活かすことが出来るかっていうことがあって…。
で、ノンちゃん、のパナセがね、
あたしにもなんとなく分かるようになってきて、
ノンちゃんのパナセが、ちゃんと解放されてない、のね。
だから、ん、まあまあ、ちょっと聞いて、
聞いて、最後まで聞いて。
パナセって、ん、意味？　意味は…そだなぁ…。
なんか魂の、一部みたいなことなんだけど、
だってさぁ魂って別に分かんないじゃん、1つ、なんで1個なのって、
人間の身体みたいに例えば手とか頭とか足とか、
部分で身体って出来てるじゃない？
だから魂にも部分みたいなのがあって、それがパナセなの。
で、それをちゃんと解放してあげた生き方ってのが人間にはあって、うん、
解放するためには、毎日ちょっと唱えたりする言葉とか、
お祈りする…まあ文言みたいなのがあるんだけど、
それは別に形のことであって、本質はちょっと違うのね。
だから、来て欲しいな。

だってさぁ、ノンちゃんさっきからさぁ、
自分は、自分は大丈夫だよ、自分は幸せだよみたいな、
そういうのいらないよとか言ってるけど、全然説得力ないよ。
あたしもそうやって自分に言い聞かせる人生やってたけど、
自分も誰も説得できなかったよ…。

集会のメンバーでピクニック行ったりするんだよ。
おかず交換したりしてね。
解放された人同士だから清々しいよ。
いじめがない学校の遠足みたいなの……。

魚

女、心療内科のようなところに来ているが、そうと分からなくても良い。


かなり近いところをすーっと通っていくんです。

マンボウとかサメとか、あと名前の分からない魚も沢山いて、わりとみんな大きくて…。

手を伸ばせば届きそうなところを泳いでるんです。

泳いでるっていうか、浮いてるんです。

アロワナって言うんですか？　淡水魚も混ざってて、あのウロコがおっきい魚。

だから思うじゃないですか、あれ？　どうやって同じ水槽に入れてるんだろうって。

だから自然とこう両手で水槽を触るんです、ちょっと近づいて。

そうすると魚たちがわあって寄ってくるの。

寄ってきて、あたしに顔を向けたままなんです。

魚って正面から顔を見る機会ってそんなにありませんよね？

だから怖いんですけど、見ちゃうんです。

マンボウの真正面なんて別の生き物ですよ！

全然違うんですけど、なんかトーテムポール思い出すんです。

分かるかな？　くわっと顔だけで勝負してる感じ。

ちょっと下からだと仁王様みたいな。

サメもかなりアップで、ジャギジャギの歯が奥の方まで見えて、なるほどこのままスッポリ食べられちゃうのもアリかな、ってね、あんなに鋭い物が綺麗に沢山並んでると、思ったりもして。

あと何種類かわーっと。興味津々な感じで。


で、いつもこの辺りでおかしいなって気付くんです。

あたしが魚を見に来てるんじゃなくて、魚があたしを見に来てるんです。

ガラスの中にいるのは、あたしなんです。

ですから、水族館なんかじゃなくて、あたしの方が見世物なんです。

それに気付いて、振り返ると、あたし目が覚めちゃうんです。

多分あたしはどんなところに入れられているのか、そのガラスの中に他に誰かいるのか知りたくて振り返るんですけど、本当、毎回その瞬間に、目の前が白くなって、目が覚めちゃうんです。

閉じ込められてるんじゃなくて、注目されたいんですかね？


あたしには、夫も子供もいます。

上の子はもうすぐ小学校に上がります。

これといった不満も無いですし、むしろ充実しています。

つい先日、家族でランドセルを買いに行ったんですよ。

色々あるんですね、選ぶ時のポイントみたいなのが。

目立ち過ぎる色はいじめられるかも知れないとか、1年生の時の好みで選んでも、4年生5年生ってなったら趣味が変わるかも知れないとか、人気のランドセルなんて去年の秋に売り切れちゃったんですって。

たかがランドセルに馬鹿馬鹿しい…。


最近、夢の続きについて考えるんです。

あたしが、例えば筒状のガラスケースの中に1人でいるのか、それとももっと広くて、水と食料のある、飼われているような環境なのか。例えば家族のような人間も一緒なのか。
夢の続きがね、現実なんじゃないかって…。
振り返って、目の前が白くなった先は、ここなのかなって…。
なんか、最近そう思うんです。
そう思うと、魚を買って、自分でさばいて、おろします。
出来るだけ薄く身を切って、刺身にするんです。
魚をおろせる主婦って減ってるんですってね？
主人も子供も喜ぶんですよ。
だからあたしは食べません。一口も食べないんです。

穴

わたしは、穴を見つけた。
わたしは、ある日、穴を見つけた。
その穴は、わたしの服にあったかも知れないし、
わたしの身体の、どこかにあったかも知れないし、
わたしの魂に、あったかも知れない。
穴があっては、困る。
場所によっては、更に困る。
服にあったのならば、その下が見えてしまう。
身体にあったのならば、血が流れてしまう。
魂にあったのならば、汚れた空気が入ってしまう。
道にあったのならば、誰かが落ちてしまう。
壁にあったのならば、反対側を覗けてしまう。
空にあったのならば、神様のプライバシーを侵害してしまう。

言葉にあったのならば、深呼吸しか出来なくなる。

深呼吸をする。

だから、わたしは、穴を見つけた次の日、
穴を、切り抜くことにした。
穴を見つけた次の日、ハサミを用意して、
穴を、切り抜くことにした。
ハサミが出す声を、誰が最初に「ちょきちょき」と言ったのだろう？
あの「ちょきちょき」という音を、
誰が最初に「ちょきちょき」と言ったのだろう？
わたしは、穴をちょきちょきちょき切り抜いた。
すると、穴が大きくなった。
驚いた。困った。焦った。
わたしは、自分を信じて、もう一度、穴を切り抜いた。
更に、穴が大きくなった。
うすうす、そうなるかも知れないとは思った。

うすうす、同じ過ちを繰り返している気はしていた。
うすうす、同じ過ちを繰り返したがっている自分がいた。
驚きが去り、困りが去り、焦りが去った。
全てが去ってしまうと、繰り返し放題だった。
わたしは、寝る間も惜しんで、穴を切り抜いた。
ちょっとずつ大きくなる穴の成長ぶりに感心し、
ちょっとずつ大きくなる穴の図々しさにほだされ、
ちょっとずつ大きくなる穴の包容力に身を任せたくなった。
穴は、とてつもなく大きくなれば、最早穴ではなくなる。
穴は、とてつもなく大きくなれば、いつか地平線になる。

深呼吸をする。

作り話

女、別れ話をしている。


あのね。

あなたはいつもそうやって理由を欲しがるけど、理由なんて結局後付けなの。だから例えあたしが流暢にそれっぽいこと2つ3つ並べたところで、あなたは納得いかないだろうし、あたしも説明しながらなんか違うなって思うわけね。それって時間の無駄でしょう？　気持ちの無駄遣いでしょ？


そういうところが嫌なの、ウンザリなの。

ね、ウンザリなんて言いたくないし言われたくないでしょ、あなたみたいなプライドの塊は特に。話せば話すほどあたし自分が醜くなってくみたいで嫌なのよ、ね、もう勘弁してお願い。

分からない？

口から出てくる言葉の方が心を汚すのよ。

誰かに愚痴を言ってもスッキリしないのはそーゆーこと。


しつこいなー。しつこい！

好きな人が出来たんじゃないってば。

むしろしばらく男はいい、ってか一生いらない。なんて言う女は信用出来ないってあなた言いそうだけど……でも今思ったでしょ？

確かにそんな女に限ってすぐ次の男拾ってくるけどさ、あたしの言う「いらない」は「男」がいらないんじゃなくて「あなた」がいらないの。

え、そこ笑うとこ？

なんかその余裕ムカつく。ムカつくわ。


だーかーら理由なんてないって。

あっても無くても同じだって。

あなたはね、納得したいんじゃなくて、反論したいのよ。

あたしが何か言ったら、それに対してこれはこうだからとか、こうとも考えられるとか、地味にあたしを馬鹿にして、いつの間にか迷路みたいなところに誘い込もうってんでしょ、もうその手には乗らない。
嘘でもいいからって…はは、本当に？
じゃあ嘘って分かって聞いて、それで納得してくれるの？

まあいいわよ、そのくらい付き合ってあげましょ。
もうね、愛情はなくても情はあるからね。
さてさて、どんな嘘をついて差し上げましょう…。
一世一代の作り話だな、これ。

じゃあね、あの日覚えてるかな、モカが死んだ日。
いやだから犬よ。そりゃ飼ってないわよ。
嘘をつけって言うからちゃんと嘘をついてんでしょう？
犬を買うならモカって名前がいいって何度も言ったじゃない。
そう、飼ったこともない犬が死んだ日の話。
うん。あの日ね、わたしモカが死んでるの見つけて泣いてたじゃない。
前の晩もさ、もう立てなくなっててね、鼻をおでこにくっつけると、もらって
きた日の匂いがするの。

でも死んじゃった途端に触るの怖くなって、でも触ったら、うん、触ってるうちに涙が止まってね、ああ、本当に死んじゃったんだって思ってね、そっからはもう庭に埋めなきゃって思ったの、子供たちが起きる前に。

そりゃいないよ！　作り話だって言ってるでしょ。

え？　必要かどうか分かんないけど…。

なんかいるの、なんか。そういう設定なの。

一瞬悩むのよ、勿論。モカが死んじゃったところをちゃんと見せるべきか、あるいは隠すのも親としてありなんじゃないか、とか、ね。

あなたには言わなかったけど、埋め終わる前に子供たちが起きてきたら見せよう、あたしそう思ったの。

あなたが庭で穴を掘ってくれてる時にそう決めたの。

窓越しにシャベルの音が聞こえてね。10分かそこらかな。

穴を掘り終えて、2人でモカを埋めて、でも最後まで見てられなかったじゃないあたし？

先に戻って、子供たちがまだ寝てるの見てホッとして、ソファでぼうっとしてたの。

そこにあなたが戻ってきて、あたし見ちゃったの。

あなたの顔。…そう。
あの時ね、あなたはお礼を言って欲しそうだったの。
朝から犬を埋めてやったんだから感謝されて当然。
そういう顔。そういう目。
勿論あたしが勝手にそう思っただけかも知れないよ？
でもね、だからね、あの時「ありがとう」って言えなくて「ご苦労様」って
言ったのよ、確か。覚えてる？

（笑う）覚えてないよね。そりゃ作り話だもんね。
でもね、ぜーんぶ作り話だってこと以外は、全部本当なのよ。

メリーゴーラウンド

どこかの遊園地のベンチ。女が来る。

ソフトクリームか何かを友人に渡す。


はい、お待たせ。

あ、いいよいいよ、おごり。いいってば！

いやちょっと本当いいって。300円ぽっちでやめようこれ。

やるならフレンチのコースかなんかでやろう。

すぐ引くからあたし、マジサンキュつって。

そりゃイマッチの旦那さん稼ぎまくってるから、あたしなんぞにおごられる必要なんぞないだろーけど。

（笑って）響き面白くない？　なんぞ。

滑りこませたくなるんだよね。なんぞ。

乗り物に乗っているイマッチの子供を見る。
大きくなったねー、カイト君。いくつだっけ？
へえ、早いなー。
あたしがさ、引きこもったり安定剤飲みまくってる間に世の中ちゃんと、あ！
（手を振って）かーわいー。
あの笑顔はいずれ数多くの女の人生を狂わせるね。
カイト君のせいで安定剤とＳＳＲＩと睡眠薬を喉に流し込むんだみんな…。
（イマッチを見て）呆れた。こいつちょっと嬉しそうだし。
ね、自分の息子がモテモテだったらそれってやっぱ嬉しいの？
ふーん。
え、どうかな、あたしは心配しそう。変な女に騙されなきゃいいなって。
あんたとかあたしみたいなのに引っかかったら嫌じゃん。
（短い間）でもそれ以前に子供無理。子供なんぞ無理。
うん、いないんだけどね彼氏すら。
「それ以前に」とか言うな。
なんかあっちの方にあった乗り物撤去されちゃったのかね？

ほらあったじゃん、安全レバーがさ、そうそう、太ももめっちゃ押さえつけるやつ。

はー。ひと通り病んでる間に親友は子供生んでるし、乗り物撤去されてるし、彼氏は音信不通になるし、地味に別世界だ。

（カイトに手を振って）ピュアだー、すげーピュアだ。


今日さ、なんで旦那さん来れなくなっちゃったの？

そう。それじゃ仕方ないね。

男ってズルいよね、仕事って言えば何でも許してもらえるとでも、ん？　あたしだったら忙しい人とは結婚しないよ。そんなの絶対。

（笑って）うるさいな、彼氏いないけど言う権利くらいあるっしょ。

よく分からん代理やらされてんだから。もう。

うん…。うん…。ね…。

幸せな方に入るんじゃない？　少なくとも、そう見えるよ。


カイト、こっちへ来る。

おーカイト君、どうだった乗り物？
あんなに早く回って気持ち悪くならない？
そっか、凄いね。
よく飽きないねー！　じゃ、あたしの乗り物券余ってるからあげよっか？
あれ1回いくらなの？

乗り物券を取り出し、何枚かちぎって渡す。

はい。行ってらっしゃい。
あ、カイト君ちょっと待って！　写真撮らせて。
イマッチそこに立って。お、いいねー。
1足す1はー？（と、シャッターを押す）
ありがとう、カイト君。うん、楽しんでね。

カイトが去ったのを確認し、画像を見る。

カイト君ってさ、旦那さんとの子供じゃないでしょ？

（間）言いたくなかったら別にいいんだけどね。
目の辺りとかさ、笑った顔もだけど、元カレに似てるんだよね。
会ってたんでしょう、翔ちゃんと？
知ってるんだよ。翔ちゃんと会ってたんだよね？
（間）なんとか言いなよ。なんとか言いなさいよ。あのさ。
人間相当なことがないと引きこもったり手首切ったりしないからね！
（間）イマッチは困るといつも黙っちゃうよね。昔からそう。
（立ち上がり）今日はもう帰るわ。写真、後で送るね…。

行きかけて、カイトを見る。

同じとこぐるぐる回って何が面白いんだか……。

宇宙人

原案：高橋大地

花火を持った女がいる。


出会った頃さ、もう夜中近かったかな、ゴルフ場に忍び込んで花火やったの覚えてる？　ほら河川敷の。

タカ君、全然花火興味無かったでしょ？

なんかね、ずっとあたしを押し倒そうとしてて、そのタイミング窺ってる感じで…いやいや、そうだったって！　だから次から次へと猛スピードで花火やってさ、2つ3つまとめて火つけて、さっさと終わらせようとしてたじゃん？

ああいうので分かるんだよ。

ああいうの、もうしてくれないね。


ハラハラしたよねー。見つかったら怒られるんじゃないかって。

タカ君にホールインワンされてる間「星が綺麗だよ」とか言って。

そんで結局、タカ君花火のゴミ全部あたしに押し付けて…。
そうだよ、持って帰らせたじゃん。そういうとこあるよね。
あれ処分すんの面倒臭いんだから、全部水に浸さなきゃでさ。

花火を選び、火を付ける。

綺麗だね〜。花火って何で飽きないか知ってる？
時間を燃やしてる気になれるからだよ。
誰が言ったっていうか…あたしだよ。
ってか最近のって終わるの早くない？　いきなりシュンって終わっちゃうのが増えたよ絶対。子供の頃は、1個1個もっと長かった。火薬ケチってんのかね。

間。

タカ君あたしね、あたし、宇宙人なんだ…。

しばらくして花火が終わり、幾分暗くなる。

んー、どんな顔してんだろ？　暗くて分かんないや。

っていうかタカ君、うすうす気付いてるんじゃないの？　あたしが宇宙人だという驚愕の事実に！


バレちゃったんだよね、きっと。あたしの話で笑ってくれないのも、好きな食べ物が違うのも、同じ星の生まれじゃないからだよね。

…もう、触ってくれないのも。

そもそもこれも伝わんないかもね、地球の言葉って難しいし。

っていうか地球の映画に出てくる宇宙人って大体殺されるもんね。


あたしの星では、良いことも辛いことも話せる相手を探すの。

将来の約束をして、気持ちが向かない時も、頑張って同じおうちに帰ってきて、頑張って同じご飯を食べるの。

そういうの、タカ君、興味無い？

(反応がないので）…触ってよぉ、お願いだよぉ、お願いしますよぉ…！

ダメ？　あたしじゃダメ？　ダメですか？

タカ君、触ってはこない。

あー。捧げても捧げても、捧げても何も変わらない。この外交は失敗だ。

（花火のゴミを差し出して）はい、花火のゴミ、自分でやりなね。

ちゃんと水に浸すんだよ。出来る？

……じゃあ、あたしがいなくなっても、へっちゃらだね。

最後の営業

一輪挿しを持った保険外交員の女が、オーガニックスキンケアの店に来ている。

原案：はやしだみき

これ〜飾ってもいいかしら？

ほら、田所さんお花好きって言ってたでしょ？

これお隣さんに分けてもらったの。

広いお庭でね、門の近くには金柑の木があって。

あたし詳しくないから、これなんて花なんですか？　って聞いたのよ。そしたらクレマチスって言うんですよって教えてくださって。

殆どその足で、差し上げたくて、来ちゃったんだけども、いいかしら？

ここら辺どうかな？　ほら、お店のナチュラルな感じ？　田所さんがいつも言ってる草花のエッセンスって感じでしょ？

じゃあ…ここにね、飾らしてもらうわね。

他の外交員さんたちは、ペンとか飴玉とか景品みたいのあるじゃない？　ああいうの配ってるんだけど、もうどうしようもないでしょ？　ペンとか飴玉もらったってね、あたしだったら捨てちゃうと思うのよ。

あたしの知り合いなんて、沢山買わなきゃって借金までしてるのよ。

おかしいわよ借金、おかしいわよねぇ？


あの石鹸はそうね、主人に渡して、使ってるみたいなんだけど、ちょっと効果は、すぐにはね、やっぱり肌ってすぐには変わらないじゃない？　なんせ生まれつきのものじゃない。

ええ、ちゃんと細胞の再生を促すらしいわよって伝えたんですけどね。

そうそう、肌の生まれ変わりのサイクルのことも。

どうなのかしら…昨日の夜はまだポリポリ掻いてたわね。だから…きっと即効性のある石鹸じゃなかったのかなぁって。

そうね、もうちょっと使わないとね。


でも肌ってあれね、主人見てて思うのは、あんなに痒い痒いって掻くんだったら、かさぶたみたいに剝けてポロポロ落ちて、その下から新しい、痒くない肌が出てくればいいのにって、本当思うのよ。

肌ってね、脱げない服みたいよね。


女、書類を取り出す。


あのぅ、田所さん。

お花も勿論あれしたかったんだけど、新しいキャンペーンが始まったのね。ちょっと資料をお見せしたいなーなんて。

んん、でも休憩ってほらまだ、確かここは半までよね？　だからあと7分もあるじゃない。まちょっと見るだけ、ね？　ちょっと聞くだけ。

いいじゃない。何も契約しなくたって良いんだから、ね？

あたし田所さんの石鹼買ったでしょ。

田所さんの人生の先の先のことまで考えて見積もりを作って…まあ見てくれたことないけど、作って来てるのよ毎回。

何人子供が欲しいか、どういう学校に入れたいか、ね、あなたが旅行好きなこととか細かい情報を引き出して、ライフイベントを考慮して、あたしのプランに反映させてるの。これ完璧なの。

見るくらい良いじゃない。お願いします。

…あっそ。

一体いくつあなたの石鹼買ったと思ってるの？　まだゴロゴロうちにあるわよ！　あたし借金までしてあなたの石鹼買ってるのよ！

なのに何よ、主人のアトピー全然治らないじゃない！　何がオーガニックスキンケアよ？　お肌のターンオーバー？　新陳代謝って言いなさいよ！

カタカナ並べてお高く止まって。ヨーロッパの厳しい基準をクリアしてます。だから何？　ここは日本です！


女、一輪挿しを取って、匂いを嗅ぐ。


あのねぇ田所さん。保険の仕事って勘違いされることが多いけど、多分、一番、他人の人生について考える仕事だと思うの。

あたしは、あなたの人生について、あなたより考えている自信があるわ。


女、一輪挿しを置く。

離婚届

原案：富田百合子

女、離婚届を慎重に書き写している。書類は2通あり、埋まっている方は一度破かれ、テープで元通りにされたものである。

1回目。失くしちゃったのよと母は私に嘘をついた。証拠は無い。
家中のゴミ箱を漁ってみたけど見つからなかった。
このことを父に伝え、もう一度書類を用意してもらった。
待ち合わせた喫茶店で父はパフェをおごってくれた。
ダイエット中なのに全部食べてしまった。

2回目。母に書類を渡すとビリビリに破かれてしまった。
あなたはどっちの味方なの？　と聞かれた。
どっちでもないと答えた。今度は私が母に嘘をついた。
母がふて寝した後、破かれた書類を拾い集めた。

もう両親の間を行ったり来たりするのはウンザリだった。私は伝書鳩なんかじゃない！　そう叫びたかった。私は叫ぶ代わりに、伝書鳩の動画を見たり飼育方法なんかを読んだりした。

3回目。父に本当のことが言えなくて、作ってみることにした。
こんなことにならなければ、覚える必要のないことばかりだった。
自分で印刷した用紙は受け付けてくれない役所もあること。
A3サイズで印刷すること。
続き柄は、長男長女以外の場合、漢数字を使うこと。
ハンコは実印じゃなくても大丈夫なこと。
でもシャチハタは朱肉を使っていないからダメだということ。
証人2人の署名と捺印が必要なこと。
私は、破かれた書類のピースを見ながら空欄を埋めていった。
翌朝、いつも母が座る位置にそれを置いて出掛けた。
帰ってくると、母は何事も無かったかのように一緒にケーキを食べましょうと言った。食べるしかなかった。味は分からなかった。

そして4回目。私は母に破かれた書類をパズルのように元通りにした。
モンスターズ・インクのエンディングみたいだなと思った。
テープで繋ぎ合わせて、完璧に復元した。
それを見ながら、今、父の筆跡を真似している。
氏名、生年月日、住所、本籍、同居の期間。
空欄が1つずつ埋まっていく。
証人2人の筆跡だって似るまで練習してみせる。

母は今頃、どこかのエステで寝そべっている。
誰の為に綺麗になろうとしているのか、私は知らない、知りたくもない。
スッキリした顔で帰ってくる母に私は言うだろう。
「お母さん、ここにサインして。ハンコ押して」
母は、またこれを破くかも知れない。明日の今頃は、母のクレジットカードを
見ながら、筆跡を練習しているかもしれない。
ハンコだって実印じゃなくて良いなら、どうとでもなる。

この際、全部、書いてしまおう。
2人の間の空欄を埋めるのは、今に始まったことじゃないんだから。

強制朗読事件

原案：山本尚志

ユーチューバーの女が、パソコンの前で収録をしている（あるいは動画を撮影して映写しても良い）。女は喪服を着ている。


ヤバイヤバイヤバイ。ヤバイことが起きた。

（自己紹介から始めることを思い出し）あ、まなぽんです、チョリッス…とかやってる場合じゃないくらいヤバイことが起きたから緊急配信します。題して、んん、強制朗読事件！

ハードル上げ過ぎたかな…ちょい下げで。

前回皆さんに相談したじゃないですか、元彼マサシのお葬式に行くべきか否か。でまあ体感、コメントの8割はまなぽん止めとけって言ってくれたんだけど、だから家出るギリまで悩んだんだけど…（「行ってきた」という意味で喪服をつまむ）

そりゃ別れ際（指で小ささを表し）こんくらいの修羅場もあったさ。でもいっときは人生で一番大事な人だったわけだから、勇気とか？　諸々振り絞れるもの振り絞って行ってきました。

そしたらソッコーで早苗に見つかった。

あ、元彼の母親ね。これ重要キャラ。ラスボス。


こっちはなんつの、出来れば顔合わせずに、ステルスな感じでご焼香ちゃっちゃ投下して戦線離脱したいわけよ。でも早苗と目が合っちゃって、マジ最悪と思いながらもこう会釈したのね、あたしも悲しいですよってのを眉間で演出しながら。

そしたらもうなんか「よくも来れたわね！」とか怒鳴られて「あんたのせいよ！　この人殺し！」とかギャーギャー非難轟々。その短時間で「淫売」って3回も言われてさ…なかなか日常会話にランクインしなくない？　って葬式は日常じゃないか、葬儀屋さんならともかく。

大体、フッたのあたしだけど浮気したのマサシだからね。

言葉でフルボッコにされてピヨってるあたしに読めって早苗が突きつけてきた

のが、マサシの遺書。怖いから受け取っちゃって、目を通そうとしたら、そうじゃなくて声に出して読めって言うの早苗が。…は？　遺書の朗読フィーチャリングあたし？　なくないですか？

うろたえてる間に何となく親族に囲まれて、もうここを切り抜けるには言う通りにするしかない感じなの。今思えば走って逃げれば良かっただけの話なんだけど、体が動かないんだよね。
異変に気付いたお坊さんは良いタイミングでお経フェードアウトさせてくるし。おいそこのトラディショナル・スキンヘッドお膳立てやめろ、そんなパスいらねえ。周りは100パー聞く雰囲気になってるし、もうね、結託した世界バーサスあたし。読むしかなかった。

これがまた長いんだ。3ページ。遺書にしては短いのかも知んないけど、喪服のギャラリーを前に朗読する量としては果てしなかった。
内容がまたさぁ、あたしのことをどれだけ好きだったかみたいなクソどうでもいい話なんだけど、その時は生き抜く為に必死。一字一句間違えないように必死。

やっと2ページ目読み終えて3ページ目行ったらこれが最後の行までビッシリなんだわ。マサシの野郎何してくれとんねん。

緊張で喉はカラッカラ。焦らないように、間違えないように、とにかくペースを崩さず丁寧に読めばいつかは終わる。そうやってようやく最後の1行に辿り着いたらね、出ました、読めない漢字。

やべえ。読めねえ。早苗に殺される。でも為す術ねえ。


(書いてパソコンのカメラに見せながら)皆さん口偏に耳3つでなんて読むか知ってます?……答えは「ささやく」なんだけど、まあ知らないわけですよ。で、遺書の締めくくりは「ここに俺の愛を囁く」だったのね。でも咄嗟に「うごめく」だと思っちゃって「ここに俺の愛をうごめく」って言ったら、間髪入れずに早苗が「囁くよ!」って怒鳴ってきたの。囁く、を怒鳴るっていうね。これ囁くに見えないでしょ。大体どこに耳が3つも付いてる人間がいるよ? 3つ目の耳はどこよ? あったら何が聞こえてくんだよ?

でも待って。これ今話してて気付いたけど待って待って、普通こんなことさせないよね。この強制朗読事件勃発までは、あたしのせいかなって少しは思ってたけど違うねこれ。

こんなことさせる人間の元で育ったことが原因だよ、死因だよ。あたしも死にたいって思ったもん。これあたしの葬式かよって。

おぉ、妙なルートでマサシの気持ちが分かっちゃったな。


あたし、悪くないよね?

「まなぽんは悪くないよ」ってコメント沢山欲しいです。

あ、そう囁くあいつの声が聞こえるかもしれないね、3つ目の耳をすませば。

ウケるー。

幸あれ

女、ビデオカメラの前にいる。


えー、愛美、裕太。（息を吸って）お母さんです。

（笑って）そんなの見れば分かるよね。

朝ならお早う。昼ならこんにちは。夜ならこんばんは。


なんでこれを、こんなものを撮ってるかと言うと、えー、お母さんは病気です。

これを見てる頃にはそんなこと知ってるはずだし、あたしもいないはずです。

長くて難しい名前の病気でね、漢字の得意な愛美でも読めないような名前。

こんなのが自分の体にあるんだぁって、未だにしっくりきてません。

ちょっとずつ痛くなって、記憶が変になって、言葉が話せなくなっていく、今のお医者さんたちの力では、治す方法がない病気なのね。

だから2人には、お手紙を残そうとか、やっぱ何もない方がスッキリしてるかなとか、色々考えたんだけど、ね、お父さんが買って結局1回しか使ってないビデオカメラがあったから、ビデオレターっていうのかな？　を残そうと思い…ました。

でも、いざ回してみると、いざこうやってスイッチを入れてみると、ちゃんと撮れてるのかも分かんないし、ボケてたりとかすんのかな…（咳払い）何を話せばいいか、もう真っ白。

（短い間）出来れば、怒ってるお母さんじゃなくて、いい思い出がもしちょっとでもあるなら、そっちの方を膨らませて、そっちの方をお母さんってことにしてもらえたら、嬉しいです。

2人のことは、大好きです。

あたしはそんなに苦労もしなかったし、お父さんも大事にしてくれたし、普通の人より沢山いいことがあった中でも、あなたたちが、愛美と裕太が、あたしの元で、あたしの元に生まれて、そして今日まで元気に育ってくれたことは、間違いなく一番、ぶっちぎりで幸せなことでした。

カメラの電池が切れる。


あれ？……え、切れちゃった？

（カメラをいじりながら）なにこれ。なんだよ、電池切れかなぁ…。

えー…。

上手くいかないなぁ…。全然上手くいかない。

（息を吸って、小声で）…くそくそくそ。


ＡＣアダプターをビデオカメラに繋げる。


…ここかな？

（スイッチを入れて）えー、愛美、裕太、お母さんです。

今ね、こうやってビデオレターを撮っていたら、途中で消えちゃって、今、やり直しています。

結構いい感じに撮れてたんだけどね。ご存知の通りお母さんは機械が苦手なので、さっきのが見れるか分かんないから、もっかいやりたいと思います。

あーでもなんだろ！　結構いいこと言えてたのがね、もっかいやるってーとなんか、ちょっと白けちゃうね。

とにかくだ。

このカメラの電池が切れちゃったみたいにお母さんの電池も切れそうだってことが、ってなんか上手いこと言ってるね、あたし。

2人がこれを見る頃には…。


涙が滲み出てくる。


あちょっと待って。これはね、これは、悲しくて泣いてるんじゃないからね。絶対違うからね。

これはね、うん、喜びの涙なの。これは感動なの。

2人の未来を想像して、勝手に感動して泣いてる涙なの本当だよ信じてね。

あなたたちがこれから、何か賞をもらったり、別にもらわなくたっていいんだよ、何か一生懸命頑張って、入学式とか卒業式とか、ね、いつかは結婚とか、これからお祝い事があるでしょう？

それを先取りしてお母さんは今感動してるの。

ほら、お母さんせっかちでしょ？
だから、わたしがいなくなっても、お母さんのこの感動している顔を、思い出
してね。
あなたたちの未来に幸あれ。
幸あれ。

うん

女、携帯で話している。

へえ、さーやも来るんだ…。
いや別に、うーんあのほら、凄いあたしたち仲良かったじゃん？
でも卒業してから、なんだかあんまり、ね会おう会おうって言ってて、
それで…でも忙しいね、とか言ってるうちに、結局、
1回も会ってないんじゃないかなぁ。
だからちょっと気まずい、うん…まあどの道行けないからアレだけど。

女、聞くべきか迷う。

あの、健二君とかも来る…の？
（短い間）そうなんだ…。

あれだよね、ちょっとおじさんになってたりとかしたら嫌だよね。
そうそう、ハゲてたりとか！　絶対嫌だ、そんな健二君絶対見たくない。
（笑って）まだハゲてないか、そんなにね、時間…。
うん、カッコ良かったよねー。
あたし一回、あのぅ、健二君が学校出るの待ち伏せしてね、
あのう（照れ笑い）おうちに帰るのついてって、
どこに住んでるのかちょっと見てみたくってね、
ついてったことあるんだ（更に照れ笑い）。
超ストーカーだった、あたし。
あの頃そんな言葉なかったね。

へえ、じゃ結構集まるんだ。いいなあ。
（改めて誘われて）うん、うん、ありがとう。
でもちょっとあたしやっぱりほら、うん、子供いるしさ。
ちょっとね、実はあんまり手が離せないんだ。
うん…。うん、みんなには元気だよって、伝えといてくれる？

うん、そだね、へへへ、うん。
あ、ごめん、ちょっと今、あのねその、まだ赤ちゃんなんだけど、
ちょっと泣き出しちゃった…聞こえる？
（短い間）うんそうそう、女の子。うん。
（子供の名前を聞かれて）え？　うん。
蓮の花の蓮と、菜の花の菜合わせて「はな」って読むんだけど、うん。
（名前を褒められるが）あ、ごめんもうちょっと、うん、泣いてるから、行くね。
ありがとうね。楽しんでね。
うん、じゃあね。

電話を切りながら、赤ちゃんのところへ。

ごめんごめん、起こしちゃったねー。よーしよし。
お母さんあんまり上手くないけど、歌ったげるね。

「光の中で　みえないものが
やみの中に　うかんでみえる

まっくら森の　やみの中では
きのうは　あした
まっくら　クライ　クライ」

お母さんが子供の頃TVでやってた歌なんだ。
みんなのうた、っていう番組があってね、怖い歌だって最初は思ったんだけど、
なんだか好きでね、全部覚えたら、1人でトイレに行けるようになったんだよ。
だからみんなのうたじゃなくて、あたしの歌なの。
(また少し泣き出したのか) あーよしよし…。

「耳をすませば　何もきこえず
時計を見れば　さかさま回り
まっくら森は　心の迷路
早いは　遅い
まっくら　クライ　クライ」

あたし1人でも、あなたを育てられるかなぁ…?

赤ちゃんの何かを見て、笑顔になる。続きを歌いながら、退場。

「どこにあるか　みんな知ってる
どこにあるか　誰も知らない
まっくら森は　動きつづける
近くて　遠い
まっくら　クライ　クライ」

祈り

ホームレスの女が現れる。

あー、えー、神様。
本来ちょっとこういうのは、やらないんですけど、
今朝、見た、占いにですね、なんか、祈り、が、通じる日だ！
みたいなことが、あのう、ちょっと見かけた占いに書いてありまして、
雑誌を拾い集める、ビジネスをしてるんで、
じゃあ、じゃ今日は家帰ったら、仕事終わって家帰ったら、
いの、祈ってみようかなーなんて、思いました。
ので、ちょっとやってみようと思います。
（手を組んだり合わせたり）こうかな、手…体勢とか手とかなんか、あるんです
かね。
（次第に照れて）まいいや。

えー、それでねちょっと今日メモってきました。
どういう人の為にいの…祈りが必要そうな？　人が目に止まったらメモろう、
そういう意識を持って今日…。
（メモを見て）まず、あのう、駅で、あ、我々寒くなってくると夜は起きてて、
日中駅なんかで寝るんですけど…ご存知かな…。
とにかく駅で、なんかもう、今にももう、死んじゃいそうな、
なんか目が辛そうだった人がいたんです。
（どう祈れば良いか考えるが）なんとかしてあげてください。

えー、それから、お昼時にちょっと、裏口のドアノブに、
余ったお弁当かけといてくれるお気に入りの定食屋があるんですけど、
その帰りにあの、なんかお母さんと、子供が店から出てきて、そいで、
なんか子供の扱いが酷くて、
あたし、なんか見てたら、凄いムカムカしてきて、
なんなのかなー？
なんか言ってやりたかったんですけど、そういう立場でもないから、

じゃあこれも後でお祈りしようと思ってメモりました。
あと、子供の服が変だったので
お母さんのファッションセンスもなんとかしてあげてください。

それから、あのぅ河川敷で、んん、先輩がいるんですけど、
その人結婚してるのに、
多分ちょっとあたしの隣りに小屋建てた新入りの子に言い寄ってるので、
その新入りの子を、なんとか、あなたが、守ってっていうのかな、
とにかく変なことにならないように、あなたが助けてあげてください。
だって神様なんでしょう？

えーと、あと他にも色々あったんだけども、
雑誌拾いの帰りにですね、なんだかちょっと頭のおかしい人で、
怒鳴るんですよ、人を見つけると、
目が合うと怒鳴ってくるおばさんがいるんで、
おかしくなっちゃってるから、どう祈ったらいいのか分かんないけど…
なんとか、なんとかしてあげてください。

あと、こういう時って自分の為に、祈るのって
やっていいのかどうか分からないんですけど、
もし、本当に、本当にあなたが、神様がいて、
本当にお祈りが叶うなら、
あたしは毎日、こうして、なんか別に知らない人の為に
祈るような人間になりたい、です。

なので………お願いします。
そういう人にして、ください。

間。

ちょっと締めくくり方も分からないんですけど…。
やってみました。祈ってみました。

もし、通じたなら、なんか、通じたよっていう合図みたいなのを、

いつか、ま出来れば近いうちに、ください。
えー楽しみにしてます。

なんて言って終わればいいんだ…。
宜しくお願いします。んー、お疲れ様でした？
あ、おやすみなさい。

アンサンブルシーン

魔法

5人の女たちがいる。

1　昔々あるところに、私がいました。私の中には、
1以外　私たちがいました。
3　その私たちは、仲良しというわけでも、
2　仲が悪いというわけでもなく、
4　必要があれば挨拶を交わし、
5　目線を合わせたり、
4　あるいは外したりするタイミングを、
5　ほぼ完全に、
全員　わきまえていました。
1　私の中の私たちには特徴がありました。
2　爪を噛む私。

3　飼っている動物に好きな男の子の名前を付ける私。
4　色んな明かりを集める私。
5　毎日自分の顔写真を撮る私。
1　などです。

2　爪を噛む私は、爪がボロボロになっていました。
5　なんてことありません。
3　世の中には髪の毛を抜く人とか、
4　歯ぎしりをする人とか、
1　矛先を自分に向ける人が沢山いるので、
全員　なんてことありません。
2　爪には味がありません。どの爪も、どれだけ噛んでも、
2以外　味がありません。
2　最初のうちは、色を塗って味を想像しました。
1　赤はイチゴ味。
3　緑はキウイ味。
5　紫はぶどう味。

2以外　苦いマニキュアの味にむせながら、味を想像しました。
2　でも、すぐに爪はボロボロになり、色は塗れなくなりました。
2以外　見ないでください。
2　爪を噛んでいると、考えないですみます、壊れないですみます。
2以外　そのせいで、
2　爪あとを残すことが出来ません。
2以外　その代わり、
2　誰かを傷つけることもありません。
2以外　だって爪がボロボロだから、無いようなものだから。
2　見ないでください、お願いだから。
1　だって、
3　だって、
4　だって、
5　だって、
2　人を傷つけないのはいいことでしょう?
3　飼っている動物に好きな男の子の名前を付ける私は、呼んでも反応してもらえなくなりました。
1　よしよし、ノボル。
2　おいで、ケン。
4　いい子だね、リョウタ。
5　お腹空いたでしょ、ジュン。
3　呼び名がコロコロ変わるので、呼んでも反応してもらえなくなりました。
1　コウキ。
2　ダイスケ。
4　ショウゴ。
5　マサフミ。
3　おーい。
3以外　(3を見てから) 反応してもらえなくなりました。
3　ねえ。
3以外　(3を見る) …。
3　ねえってば。
3以外　飼っている動物にも、好きな男の子にも、
3　反応してもらえなくなりました。

3以外　ねえ、（それぞれ別の名前を言う）
3　名前が変わらなくなったら、反応してもらえる気がします。
4　色んな明かりを集める私は、生活費を切り詰めて明かりという明かりを買い漁りました。
1　キリッとするデスクライトの光。
3　いつまでも見ていられるロウソクの光。
5　ホテルの部屋にあるようなフットライト。
2　何かの魂のようなグローランプ。
1　あらゆる形の懐中電灯。
3　虫カゴに集めたホタル。
5　これくらいの提灯。
4　色んな明かりを集める私は、夜を光で埋めようとしました。
4以外　私は私の分際で、
4　夜空の星の真似をしたかったのです。
4以外　星に敵うわけなどないのに、
4　真似をしたかったのです。

4以外　別に、夜が怖いわけじゃない。
5　本当だよ。
3　怖くないよ。
1　平気平気。
4　あ、流れ星。

全員、見上げる。

4　色んな明かりを集めると、手に入らない明かりがあることに気付く。
5　記憶の中にある、窓に差し込む朝日。
1　誰かが笑った瞬間、あなたの中に生まれる光。
2　花火が終わった後、目をつぶると残っている眩しさ。
3　絵の中の日差し。
1　自信に満ちている人の目の輝き。
4以外　ああ、光よ、お前は毎日降り注ぐというのに、一粒もこの手に収めることは出来ないのか。だから人は、光を放つ物を作るのか、月や太陽、星の真似をするのか。

4　せめて、私を照らして。

5　毎日自分の顔写真を撮る私は、別に自分の顔が好きなわけではありませんでした。どこか1箇所でも、何か1つでも、自分の顔にあっていいと思える物を探していたのです。

4　例えば眉毛。

3　例えば目尻。

2　例えば耳たぶ。

1　シミでもほくろでもいいから、

5　自分の顔にあっていいと思える物を探していたのです。

5以外　これは私の目だ、これは私の唇だ、これは私の首筋だ。

5　どこか1箇所でも、何か1つでも。

5以外　見つからない物を探し続けたことはありますか？

4　海で失くしてしまったネックレス。

3　砂漠にあったはずの足あと。

2　あなたの元を離れてしまった人の温もり。

5以外　見つからない物を探し続けたことはありますか？

5以外、何かを探しだす。

5　毎日自分の顔写真を撮る私は、次第に顔の一部を撮るようになり、いつからかそれらを並べるようになりました。

5以外　パズルのように。

5　壁に貼って、自分の顔を組み立てていきました。

5以外　福笑いのように。

1　目を並べて、

2　その下に鼻を貼って、

3　その下に口を貼って、

4　輪郭を作って、

5　自分の顔を組み立てていきました。

5以外　ほら、出来上がり！

5　それらのパーツは、全て自分の物なのに、どう並べても、どう微調整しても、奇妙な顔にしかなりません。

5以外　福笑いのように。

5以外、その壁を見て笑い出す。
笑い声、ピタッと止まる。

5　それを見て私は、初めて、ホッとしたのです。

1　昔々あるところに、私がいました。私の中には、
1以外　私たちがいました。
3　その私たちは、仲良しというわけでも、
2　仲が悪いというわけでも、
全員　ありませんでした。
4　私たちの中には、
5　もう1人私がいました。
全員　魔法使いの私です。

6の女が現れる。

1　誰だって魔法に憧れます。
2　爪を綺麗に伸ばす魔法。
3　飼っている動物を振り向かせる魔法。
4　夜を明るくする魔法。
5　自分の顔を愛する魔法。
1　魔法使いの私は、なんでも一瞬で消すことが出来ました。
2　笑顔が変だと言われれば、笑顔を消して、
3　声が耳障りだと言われれば、言葉を消して、
4　余計なお世話だと言われれば、思いやりを消して、
5　毎日沢山の魔法を使っていました。
1　昔々あるところにいた私と、
1以外　その中の私たちは、
1　魔法使いの私の後ろに隠れて生きるようになりました。
全員　私たちは無敵でした。人の気に入らないことは片っ端から消していけばいいのです。
1　勿論、魔法の代償はありました。魔法使いの私は、
3　声を失い、

5　表情を失い、
2　震えることすらしなくなり、
4　いるのかいないのか分からないほど、
全員　すり減っていきました。
1　それでも私たちは、彼女を盾に生きていました。
5　そんなある日、彼女は最後の魔法を使います。
1　もう、消せるものが1つしか残っていない。
全員　それは自分でした。
4　失った声を振り絞り、
2　失った意思を目覚めさせ、
3　失った笑顔を自分に向けて、
全員　あるいは私たちに向けて、魔法を唱えました。
6　そーれ！

全員、指を鳴らす。

6、去っていく。

1　魔法使いの私が消えてしまうと、辺りは静かになります。もう長いこと何も言わなくなっていたのに、それでも辺りは、もっと静かになります。

静けさを感じさせる間。

3　魔法使いの私が消えてしまうと、残された私たちは、とてもとても残された気分になります。

2　挨拶を交わすタイミングも、目線を合わせたり外したりするタイミングも、さっぱり分からなくなります。

4　私たちは、指先が寂しくなり、誰かに触れようと手を伸ばします。しかし、その程度の距離には誰もいません。

5　居ても立ってもいられず、私たちは私たちを探します。

全員、お互いを求めて彷徨う。同じタイミングで出会って、

1　あ。

全員、元気？　久しぶり！　などと再会を喜ぶ。
いつの間にか手を取り合って、円になっている。

全員　手を取り合ってみると、それは自分の手だった。思ったより柔らかく、思ったより暖かかった。

内側を向いていた円が、外側を向く。

全員　手を取り合ってみると、私たちはもうちょっとで、私になれそうだった。
2　爪を嚙む私は、動物を飼っている私の動物を借りて、その爪で世の中と戦えそうだった。
3　飼っている動物に好きな男の子の名前を付ける私は、色んな明かりに名前を付けることで、振り向いてもらえなくてもなんとかなりそうだった。
4　色んな明かりを集める私は、毎日自分の顔写真を撮る私の顔を照らし、彼女の顔に広がる夜を埋めることが出来そうだった。
5　毎日自分の顔写真を撮る私は、爪を嚙む私の歯がとても鋭く美しいことに気付き、もしかしたら好きになれそうだった。

1　昔々あるところにいた私と、
1以外　その中の私たちは、
1　もうちょっとで、
全員　私になれそうだった。

俳優モノローグ

TVゲーム

TVゲームをしている男、妻に文句を言われて中断する。


なんでって、そりゃあ、楽しいからだよ。

そんなに言うなら聞くけど、俺たちここ最近、いや半年っても過言じゃない、一緒に笑ったか？　楽しいことあったか？

（短い間）な？　そういうことだよ。

ん？　ああ、あれな。あれは確かに笑った。笑ったけどお前、あれはあのオッサンがクルって後ろ向いたら円形脱毛症だったからで。うん、これくらいのな。ミステリーサークル。そりゃ笑うだろ。でもあれぐらいだろ？

つまり俺らの結婚はさ、残念なハゲ方してる人に通りかかってもらわないと笑いすら起きないってことなんだよ。

（言い返され）いや別にゲームじゃ笑えないけど…。

笑えないけど、じゃあ俺がつまらそうにここ座ってんのと、楽しそうにゲームやってんのと、どっちが平和な家庭か考えてみ？

（妻が泣き出すので）…やめろよ。なんで泣いてんだよ。泣くほどのことはまだ言ってないだろ。

まだっていうか、言ってないだろ。…言わないよ。


男、ゲームを切って、向き直る。


なぁ、里美。俺がなんでこんなもんにハマるか、本当の理由を話すから、笑わないで聞いてくれるか？…はい、じゃあ指切りげんまん。

痛い痛い、なんでこのタイミングで噛むんだ…。

お前のそういうところがさぁ…いや、今はこの話じゃないな。

（気にされるので）だからいいって。なんでもないって。


ゲームはな、褒めてくれるんだよ。

頑張ったら頑張った分だけ、褒めてくれるんだ。

これだけの敵をやっつけました、今のプレイはAランクです、こんなに点数を稼ぎました、あなたのお陰で脅威は去りました、わー（と拍手をする）ってな具合に。認めてくれるんだよ。
大人になると、褒めてもらえる機会なんてそうそうないだろ？
ミスをしたら怒られる。頑張るのが普通。出来て当たり前。
これなぁ、何かが違うって感じてんだよなぁ。
お前だってさ、俺が仕事して稼ぐこと自体を、褒めようとはしないよな。
（言い返されるが）うん、ありがたいって思ってくれてんのは分かる。
でも感謝されるのと、褒められるのとは、同じじゃないんだ。

小学校の頃かな、俺絵描いてさ。ちょっと全体像は忘れたけど、1枚の絵の中に、太陽を2つ描いたんだよ。夏が好きで、肌が真っ黒に焼けるのが好きで、だからかな、どん、どん、と2つ描いたんだよ。
それを先生がさ、柴崎先生が褒めてくれたんだ。なかなか褒めない先生なんだよ、いっつも真顔で。そんな柴崎先生が、いいアイディアだつって本気で褒めてくれたんだ。嬉しくてあん時鳥肌立ったんだよ。

（妻を見て）なんだよ。そこ黙っちゃわないで欲しいな。
…ごめんってなんだよ。なんで謝んだよ。

こっち来な。お前ゲーム下手クソだけど、一緒にやるか？
こっち来なよ。やろうよ。ほら。
一緒に褒めてもらおう。

ソクバッキー

男、レストランの席で電話している。

…いやぁ（苦笑い）ここからの変更はもう厳しいんですよぉ。プロンプターにも最終原稿って言っちゃってるんで、はい。そう、ですよね、めちゃくちゃ分かります。でも後は当日対応で…わっかりました。どうにかこうにかしちゃいましょう。はい、失礼しまーす、はーい、はーい。

切る。男の彼女がテーブルに戻ってくる。

彩ちゃん、どこ行ってたの？
彩ちゃん。前にも言ったでしょ、トイレに行く時は僕の許可を取ってからだって。
うん、そうだね、でも僕が話し終えるのを待つことだって出来たでしょう、大人なんだから。分かった？

よし、じゃあお水飲んで。(彼女が困惑するので) ちゃんと僕が決めたタイミングでトイレに行けるようにだよ、はい飲んで。

男、手を上げて、店員を呼び止める。


あの、お水もっともらえます? ピッチャーあったらそれで。

(彼女に) 美味しい? あそう? (飲んでみて) 普通の水じゃん。水道水かな、高い店なのに。彩ちゃん馬鹿舌? 今日3万のコース食べてるんだよ。こんなんでも美味しいなら僕の分も飲みなさい。

(窓の外を見て) 綺麗だねえ。こんな夕日と彩ちゃんの笑顔だけは飽きがこないよ。あ、それ、その笑顔。いいよ。

彩ちゃん。こんな綺麗な景色が見られるのは誰のお陰?……うん、ご名答。


うん、食べていいよ。

これはね、うずら真丈と比内地鶏の昆布〆。この店のトレードマークとまでは言わないにしても、コース料理に必ず入ってるから自信あるんだと思うよ。って馬鹿、うずら真丈から先に食べなさい、味の薄い方からだろ。ほら、お水飲んで味覚をリセットして。そう。はいちゃんと最初から。比内地鶏食べたい時は許可取って。

美味しい？　そりゃ良かった。彩ちゃん、こんな美味しい料理が食べられるのは誰のお陰？…うん、ご名答。今日は冴えてるね。

そんな彩ちゃんに今日は大事なことを教えてあげよう。

許可というのはね、実は世界の仕組みなんだよ。宇宙の背骨と言ってもいい。Aが Bにお伺いを立てる。Bはイエスかノーか返答する。

この店1つとっても、僕らは案内されたテーブルに座ってるよね。許可無く好きなところに座っていいわけじゃあない。暗黙の秩序が無数にお互いを支え合って社会というものは出来ているんだよ。

僕たちも同じ。分かる？

彩ちゃんは本当物分かりがいいね。

首を縦に振るところしか見たことがない。そこでだ。僕たちの秩序をより強固にするために、僕が与えられる最大の許可を君に与えたい。

僕と所帯を持つ許可だ。

男、宝石箱を取り出す。

いいんだよ受け取って。いいんだよほら。
なに震えてるの？　感動させちゃったかな。
いいんだよ受け取って。
…そろそろ受け取りなさい。
…トイレ？　今？　いいけど今？
許可取ってくれてるのは偉いけどこれは？
（負けて）分かったよ、行っておいで。

彼女、出て行った。

なんだよ急に…生理かな……。

幻聴

男、心療内科に来ている。


どうも私は、自分で調べないと気が済まないタチでして…。お医者さんからすると、私なんかが空いた時間に調べたくらいじゃ、ネットのにわか知識と言いますかね、見当違いな自己診断をして、かえってご迷惑をおかけするであろうことは、重々承知しております、はい。

……ええ。症状は主に幻聴です。


これも色々あるみたいですねぇ。私はパソコンを打つのがどうにも苦手でして、未だに小さい「っ」ですとか、句読点の場所ですとか、こう探しながら打つもので…とにかくそんな調子ですから調べるのも時間がかかります。

一番多いのは悪口が聞こえてくるという幻聴らしいですねぇ。

お前は何も出来ない。死んでしまえ。苦しめ。お前は最低の人間だ。

本当に言われているならそれだけの理由もあるんでしょうが、これぱっかりは根も葉もない。なんせ幻聴ですから。

電磁波が聞こえる、というのも多いらしいですね。何か、電波で指令が出される。自分にだけ特別な使命があるような気になってしまう。宇宙人の声、というふうに形容する人をチラホラ見かけました。

私が驚いたのは、中には楽しい音楽が聞こえる幻聴というのもあるそうです。ご存知でしたか？……そうですよね、こりゃ失礼しました。

そういう幻聴ならなんといいますか、こちらの気の持ちようでどうにか付き合っていけそうな気がします。何か辛いことがあっても、楽しい音楽が聞こえてくるわけですから、いつの間にか気分も釣られてですね…まあ、曲にもよりますかねぇ。毎度同じ曲となると、それは確かに、さぞかし、きついでしょうね。

（短い間）あ、私ですか？（笑って）そうですよね。自分の話をしなくては、ここに来た意味というものがありませんでした、すみません。何かに詳しくなるとついついそれをひけらかしたくなってしまうんですね。

私は、普通の人間ですので、幻聴も普通です。悪口が聞こえてくるタイプです。

（内容を聞かれ）いえ本当に、先ほど申し上げたような、なんの変哲もない、死んでしまえ、お前は最低の人間だ、えー最近では、お前なんか産むんじゃなかった、ですとか…。

はい？　あ、ええ、そうですそうです。聞こえるのは母の声なんです。

だからというわけでもないでしょうが、幻聴だとハッキリ分かるんですね。母は10年ほど前に、亡くなりましたので。文句を言わない、優しい人でした。

母は悪口が嫌いでしてね、口のきき方には、それはもう厳しく、厳しくしつけられたものでしたよ。

そんな母の声で、馬鹿野郎、線路に飛び込んでしまえなんて聞こえてくるわけですから皮肉なものです。

母の思い出が、優しかった母の記憶そのものが、蝕まれていくんです。そういう人だったような気がしてくるんです。

ええ……はい……そうらしいですね。ちなみに、そういう薬が効いた場合、母の声は完全に聞こえなくなるのでしょうか？

……そうですか。

先生、妙なことをお尋ねしますが、幻聴が気にならなくなる薬なんてありませんよね？　私のこれじゃ（タイプする仕草）見つかりませんで。

何を言われても平気になる薬ですとか…。

（怪訝な顔をされるので）いえね、幻聴が始まる前は、母の声を思い出せなくなっていたんです。

でも今はハッキリ聞こえるんです。母の声です。

（涙をこらえて）懐かしくて……。嬉しくて……。

酷いことしか言ってくれないんですが、私は、この声を消したいとは思いません。ですから先生、そんな薬はありませんか？

久保さんの人生が変わった日

男、電話を取る。


はい、佐伯です。

あ、はい…ええ。あの…ええ。いやウチは本当に…ええ。

あのマンションって言ってもそう簡単に…ええ。

あの本当にそんなお金無くてですね、そしてあっても別のことに…ええ。

あのう、うちの番号って何かに登録されてるんですかね？　いやここのところ凄いんですよ。毎日どころか多い日は2回も3回も、切っても切ってもかかってくるしもうゾンビか何かと戦って…ええ。


(間)管理会社が入ってくれるのも知ってます。だから思うほど大変じゃないってくだりですよね？　僕こういうの苦手なもんで、とりあえず聞いちゃうもんで、するとまあ、いつ呼吸してるんだろうってくらい喋りますよねあなたたち。

詳しくなっちゃいましたよ。これだけしつこいと怒りを通り越して最早悟りの境地ですよ。

（間）すみません何さんでしたっけ？　久保さん？　久保さんの下の名前は？

孝之さん。じゃあ久保孝之さん、電話番号教えてもらえます？

いや会社じゃなくて個人の。

…そうですよね、なんでですかってなりますよね。知らない人からいきなり電話来たら嫌ですよね。これがそれです。

（間）うん、だからそうやって、まくし立てれば売れるもんなんですか？　コミュニケーション取ろうって発想はないんですか？　僕いつでもガチャってやれるところをちゃんと説得しようとしてるでしょう？

あなたも僕と向き合ってください。試しにゆっくり話してください。

次はほら、少子化だけど都心におけるマンションの需要は増えてるってくだりに持ち込むところですよね。はいどうぞ。

（間）…下手だなぁ。ごめんですけど、響いてこない。

えーと、久保さんでしたっけ？　久保さんひょっとしてまだマニュアル見ながらやってません？……やっぱりねぇ、どうりでねぇ。

ごめんですけど、響いてこない。


今あなたの声から聞こえてくるのは「どうせダメだろう」という諦めと「いつ切られるか分からない」という恐れ。どう思います？　諦めと恐れを抱えながら売れると思います、マンション？

しっかりしてくださいよ、あなたより上手い人今週だけであと3人は思い浮かびますよ。彼らはね、情報を小出しにしつつ、こっちの注意を維持するために質問を混ぜてくるんですよ。ちょっとやってみて。


（間）久保さん、久保さん、あなたが売ろうとしてるのは、何だと思います？

はい、ブー。マンションじゃありません。

あなたが売ろうとしてるのは夢とか、より良い未来とか、そういう形のない物なんです。人間、食べるものがあって寝るところに困らなければ、そういうことにお金を使いたがる生き物なんです。これ、あなたの仕事の大前提。

きっとね、久保さんは今、売ろうとしている物に自信がないんですよ、ごめんですけど。

…お、初めて黙りましたね。


久保さん、あなたは負けるために生まれてきたわけじゃない。

僕と一緒に言ってみましょう。私は負けるために生まれてきたわけじゃない。

いいですか？　せーの、私は負けるために生まれてきたわけじゃない。

そうそう！　もう1回、ご一緒に。

私は負けるために生まれてきたわけじゃない。そう！

あなたはこれから、受話器を取る前に必ず、そう自分に言い聞かせて、電話をかけましょう。ね？

じゃあ、今日はこんくらいにしときましょうか。

久保さん、練習したかったら、またいつでもお電話ください。

ホストの説教

原案：道又菜津子

ホストの男が勢い良く登場する。


お待たせ〜い！

学歴無し、職歴無し、コネ無しの社会不適合者。

ここで成功しなけりゃイッツ・オーバー。

世間の荒波に揉まれ、壊れてしまったあなたの心、癒やしてご覧に入れましょう。何故なら俺の通り名は、愛の廃品回収車（真似して）「壊れていても、構いません」

レディースエーンドジェントルメン！　現実逃避のエキスパート、伸也〜！

ナオちゃんの為に考えた自己紹介ネタ、どおどお？

相変わらず笑顔が最高。そう思う度に写真撮ってたら、スマホの容量パンクしちゃう。

（ナオが笑うので）俺ナオちゃんの笑い声好きなんだぁ、透明感があって。

男、ナオの隣に座る。


ごめんね待たせて。ナオちゃんを、待たせた1分につき愛の言葉を1つ、ウィスパーしてあげるね、アフターで。

（ヘルプで付いている男を紹介して）こいつは先週入ったヤマトって新人。トークはまだまだだけど聞き上手だから友達紹介してやってよ。

（ヤマトに）お前、俺のナオちゃんに近すぎじゃね？


お、嬉しいこと言ってくれんじゃん。俺もナオちゃんだったら、俺との時間を楽しみに頑張れると思う。やっぱ大事じゃん目標って。

俺の人生の目標聞いてくれる？　伸也の目標発表します、ジャジャン！

多目的ラベルみたいになること。

はいそこのあなた、今「は？」って思ったでしょ？


ナオちゃんがいつも来てくれるお陰で幹部になったじゃん。でも俺バカだからパソコン使えなくて、色々管理するために百均で多目的ラベルってのの買ったのね。裏の説明に「このラベルは、剝がしても相手を痛めず、接着剤の残りもなく、剝がした後もキレイです」って書いてあったの。

出会いがあって、別れがあって、相手を痛めず後もキレイってかっこいいじゃん。多目的ラベルの裏、俺のバイブルっしょ。


…なに言ってんの。ナオちゃんとは剝がれたくないに決まってんだろ。

本当だよ。ほら、俺の目を見て。

よーく見ると俺の瞳にナオちゃんの運勢が書いてあんだろ？

運命の人は誰って書いてある？…だろ？

じゃあラッキーアイテムは？…シャンパンって書いてない？


えちょっと待ってそれどういうこと？　じゃあナオちゃんがシャンパン入れたら、息子さんにサッカーやらせるお金が無くなるってこと？

…聞きたくなかったなぁそれ。1分前にタイムトラベルして話題変えたくなっちゃうなぁ。ヤマト、お前タイムマシン持ってねぇ？

ナオちゃんがさ、シングルマザーだって教えてくれた時、俺「応援するよ」つったじゃん。俺んちも母子家庭だったから、あれ適当に言ったんじゃねえんだ。

　　男、ナオの言い訳をしばらく聞くが…。


うるせえ受精卵！

子供ないがしろにして俺に貢げば喜ぶとでも思ってんの？　子供にかける金が無いだぁ？　ネイルも化粧もバッチリじゃねえか。ブランド物で身を固めてよくそんなナンセンスが言えるな、この出戻りパラサイトが！

俺の母親もアンタと同じで俺のことなんか見向きもしなかったよ。

結果どうなった？　女の寂しさに付け込んで金むしり取るしか能がねえ男になっちまっただろうが！


なあ頼むよ。息子の声を聞いてやれよ。

指名は嬉しい。通ってくれんのも助かる。

でもサッカーやりたいってんならやらしてやってくれよ。

ボトル1本分の金で軽く1年は通えんだろ？

得意なもんが見つかるかも知れないだろ？

ここで使う金なんて、俺らのションベンになるだけだぜ…。

(間) わりぃ、言い過ぎた。お詫びに謝罪会見開くよ。

(立ち上がり) 富士山、侍、お寿司に続く日本の名物、シャザイカイケーン。この度は誠に申し訳ありませんでした！ (頭を下げながら両手でカメラのフラッシュを再現して) パシャパシャパシャパシャ、パシャパシャ！


しかしナオは出て行った。


……太客《ふときゃく》、失っちまったなぁ。

おいヤマト、そこの花枯れ始めてるから変えとけつったろ。

花びらの端っこから葬式が始まってんだよ。

反省会

袋を抱えた男、登場。

洋子さん、ちょっと座ってかない？
食べてすぐ動くとお腹痛くなっちゃうでしょ。
（ベンチに座って）それにしても辛かったなぁ、さっきのタイ料理屋さん。
洋子さん辛いの平気なんだね。
…へえそっかぁ、僕は辛いの食べると頭が痒くなっちゃうんだ。

間。

洋子さん、大事な話があります。
その話をするために呼びたい人がいて、いや人っていうか（袋からテディベアを取り出す）あいや、プレゼントとかじゃなくて。うん、可愛いでしょ？

（テディベアを動かしながら、テディベアとして喋る）俺としてはカッコイイって言われたいんだがな。大体、女は何でもかんでも可愛いって言うからな、その形容詞は信用したら命取りだぜ。

（自分に戻り）洋子さんは信用出来るよ。

（テディベア）お前がこの子にお熱なのはよーく分かったぜ。（女に）こいつ、アンタのことが好きなんだってよ。まあ誰がどう見ても俺の方が頼りになる男だが、こいつのアンタを思う気持ちは強え。それは俺が保証する。…どうだい、付き合ってやってくんねえか？


男とテディベア、女を見る。間。


（自分）あー、だよね。

（テディベア）おいアンタ、ちょっとくらい考えてやってもいいじゃねえか。

（自分）無理言うなよ。

（テディベア）だけどお前！

（自分）黙ってろ。（女に）ごめんねなんか、変な話しちゃって。…あそう？送ろうか？…そう、分かった。じゃあね。またね。

男、手を振る。テディベア、手を振る。女、出て行った。


（テディベア）はい終了〜！

（自分）はぁ…一緒にテッドのＤＶＤ見て準備したのになぁ。

（テディベア）告るタイミングで出す馬鹿があるか。もうちょっと前から俺の存在を匂わしときゃ良かったんだよ。

（自分）小出しにするなんて男らしくないよ。

（テディベア）そうだな。まあアレだ、広い世の中今みたいな告白されてＯＫどころか理想って女もいるよ。

（自分）いるかなぁ？

（テディベア、俯く。思い直して）それにメールとかＬＩＮＥで告るチキン野郎が増えてる昨今、ちゃあんと直接告ったお前は偉いと思うよ。これが直接かどうかってのは一旦置いといてだな。断られる可能性に対してお前は立ち向かった。

（男、女っぽい声に変えて）女々しいわね。

（テディベア）その声は！

（男、袋から人形を取り出して）あたしよ。

（テディベア）お前は引っ込んでろよ。

（人形）そのつもりだったけど、傷の舐めあいが気持ち悪くて黙ってらんないわよ。

（テディベア）クマが傷を舐めるのは本能だろうが。

（人形）ダサい言い訳ね、あの子が逃げるように帰ったのも当然だわ。

（テディベア）なんだとこのアマ。

（人形）なによこのクマ。

（自分）やめてよ2人とも。

（人形、男に）そもそもね、頭ん中綿しか詰まってないやつに頼るのがおかしいのよ。

（テディベア）てめえ俺が一番気にしてることを。

（人形）私に任せてくれてたら、今頃2人はキスの真っ最中よ。

（自分）本当に⁉

（人形）ええ、キスなんてほんの始まりにすぎないわ。

（テディベア）一応聞いてやろうじゃねえか。お前だったらどう違ったってんだ？　あん？

（自分）落ち着いて。
（人形）私だったら、大事なところは本人に言わせてたわ。
（テディベア）そ、その手があったか…。
（自分）考えもしなかったよ…。
（人形）もっと言っちゃえばね、あんたや私に頼らなければ上手く行ってたと思うの。
（テディベア）話が違うじゃねえか。
（人形）バカね、女は二酸化炭素の代わりに矛盾を吐き出すのよ。
（テディベア）男はそういうのに耐えられねえんだよ！
（人形）それを受け止めるのが男でしょ？
（自分）もうやめてやめて。2人のお陰でちょっと元気出たよ。
（テディベアと人形を抱きしめて）…ありがとう。
（ふと我に返って）俺、友達いないのかな。

マイクロビキニ

サウンド・エンジニアの男が録音スタジオで声優オーディションをしている。

はーい、おはようございまーす。
エンジニアの岡村です、よろしくお願いしまーす。
うん、荷物そこ置いて防音ブース入っちゃってください。
ドア重いでしょ？　ごめんねぇ。

声優、防音ブースに入る。以降、声優と話す時は手元にあるボタンを押しながら話す。

はい、準備はいいですか？　じゃ早速行きまーす。
名前と所属と、オーディションする役名を言ってくださーい。
（間）はい、ありがとうございまーす。この役みんなやりたがるね、倍率高いよ、これでいいの？　まあね、声優目指すならこういうの出来ないとね。

じゃあ1個目の台詞録っちゃいますか。いいですか？……どぞ。

（間）もう1回行きましょう。語尾に小さいハートマーク2つ付ける感じで。

（間）んとね、あなたはゴロにゃん状態。そうそうそう。どぞ。

（間）はい、頂きましたー。じゃ次の台詞行くよー。どぞ。

（間）ウィスパー入れる感じで。どぞ。

（間）色っぽくねえなあ。お父さん萌えません。一気に言わないでしょう、女の子なんだから。どぞ。

（間）はい、キャッチザハート出ましたね。え、どこで声の勉強したの？

あーそう、じゃあ藤原とか黒川辺りに習ったんだ。そっかそっか。

藤原なんかはね、俺が推薦してやったのに、仕事回して来ねえんだからあの野郎。まいいや、ごめんね、あなたにとっちゃきっと恩師だもんね。

よし、最後の録っちゃおう。いいですか？　どぞ。

（間）2行全部恥ずかしいでいいですよ。どぞ。

（間）相手との距離、ほぼゼロ。どぞ。

（間）んとね、マイクロビキニつけてる感じで。どぞ。

(短い間) え? セクハラ? 何が? マイクロビキニが?

待て待て待て。あなたみっちり防音された別室にいて、分厚いガラスに守られてて、俺このボタン押してる間しか話せないってのにセクハラ?

実際にマイクロビキニ着ろってわけでもないのに?

あのね、最近パワハラモラハラセクハラって最後に「ハラ」付けて先手必勝言ったもん勝ちみたいな風潮になってるけどねぇ…これよくない。

想像してみなさいよ。来る日も来る日も現実じゃ出さないような声出す女の子にね、いい結果出して欲しいから「ハートマーク2つ付ける感じで」とか言ってるわけでしょう? 俺味方でしょう?


男、気持ち悪がられる。


えー…? それ言ったら終わりでしょ。

あんたがやろうとしてる仕事は、誰が喜ぶって世の中のオタクだよ、オッサンだよ。気持ち悪いなんてデフォルト。可愛いのは声だけなんだから調子に乗らない。あんたの仕事は、オッサン喜ばして心開かして、財布を開かせる。結局そういうことなんだよ。あんたは、これが上手くなればなるほど、周りに気持ち悪いオッサンが増えてくんだよ。

そいつらを代表してここにいるのが、俺なんだよ。

…それでも、気持ち悪いって思われたくないから毎日髭を剃って、間にこんなガラスあるけどデンタルフロスしてから来てるんだよ。

それなのになんだ、マイクロビキニって言ったら（お縄のジェスチャー）これですか？

（ジェスチャーのせいでボタンから指が離れ、つぶやく）んなの生で見たことなんかねえよ…。


男、軽く深呼吸をして、ボタンを押す。


悪かったよ、セクハラでも何でもいいよ。

今日ね、30人オーディションして、あんたが一番上手いんだよ。

いいテイク引き出したいんだよ。

訴えてくれてもいいから、もうワンテイク、やらしてください。

プレゼンテーション

男、ＴＥＤで見かけるようなプレゼンを始める。プロジェクターの映像が流れるイメージだが、無くても成立する。紙芝居やフリップでも良い。


皆さん、ダンゴムシの寿命ってどれくらいだと思いますか？

答えは……4年です。驚きでしょう？

ジメジメしたところでしか生きられず、何かあるとすぐに体を丸めて身を守る。昆虫界の引きこもりですね。4年は長い気がする。

寿命が短そうで実際に短いのはモンシロチョウ。

ちょっと予想してみてください……3ヶ月です。ね、なんかイメージ通り。

お祭りの亀すくいなどで見かける亀。あれは正式にはミシシッピアカミミガメと言いますが、どれくらい生きるか知ってますか？

なんと30年以上生きるんです。お祭り気分で持ち帰ったは良いものの、2〜3日して特に亀が欲しかったわけでもないことに気付いてしまい、そこから30年、責任が発生するわけです。まるで結婚みたいですね。

さて。泣く方法を教わるセミナーに来たのに、なぜ寿命の話ばかり聞かされているのか。そう思ってるんじゃありませんか？

ご安心ください。もうじき繋がります。

そもそも、泣く方法なんて、こんな会場を借りてわざわざ教えることなのか？本日、このセミナーが満席になっていることを見れば、その答えはイエスだと言わざるを得ません。

（短い間）きっかけとなったのは、父の死です。私は、父の葬式の最中も、その後1人になった時も、泣けなかったんですね。

別に仲が悪かったとか、何年も口をきいていなかったとか、そんなことは一切なく、むしろ関係は良好でした。

むしろ泣きたかった。ちゃんと悲しみたかった。

なのに一滴の涙も流せなかったんです。

その原因を全て社会に求めるわけじゃないですが、いかんせん男に生まれると

「男のくせにメソメソするな」「泣き虫は弱虫」「人前で泣くのは恥ずかしい」
といったことを教えられて育つんですね。素直に泣けなくて当然かも知れない。

父の為に泣けなかったことを受け入れ始めた頃、娘が飼っていたハムスターが死にました。娘が飼っていたと言っても世話をしたのは最初の1ヶ月かそこらで、それからいつの間にか世話係は私になっていました。

まあよくある話でしょう。

面倒を見始めるとどんどん愛着が湧いてきます。最初は気になっていた匂いも嫌じゃなくなって、ケージの掃除も鼻歌なんか歌いながらやるようになって、ようやく手に乗ってくれた日には、とっておきのワインを開けたほどです。

私が、自分でも驚くほど泣いたのは、そのハムちゃんが死んだ時です。
もう呼吸が苦しくなるほどワーワー泣きました。体も震えました。
何が起きているのか理解しようとする自分が、こみ上げてくる涙と嗚咽にあっさり流されていきました。

(短い間) その夜、何十年かぶりに熟睡しました。

翌朝、布団から起き上がると、体の軽いこと軽いこと。

まるで、溜まっていた涙そのものに重みがあったかのようだった。

それが始まりでした。私が提唱する、男性でも泣ける方法、ペット・ロス・メソッドの始まりでした。
検索：短命な小動物。
検索：冬を越せない生き物。
検索：病気になりやすいペット。
こうして調べていくうちに、私は、寿命に詳しくなったんです。
寿命、一体誰が決めてるんでしょうね？

えー、ペット・ロス・メソッドにはいくつか大事なポイントがあります。

1番。想いを込めて名前を付けること。

2番。可能な限り触ること。

3番。自分を愛するかのようにペットを愛すること。

これらのポイントをしっかり抑えておけばペットが死んだ時に必ず涙を流すことが出来るでしょう。

餌をあげない、掃除をしない、虐待してしまう…。

これらは言うまでもなく完全にNGです。
全身全霊で愛情を注ぐから、その対象を喪失した時に、心のバリアを突破し、
涙腺を崩壊させられるんです。

観客を見て、間。

検索：こんな私はおかしいですか？
検索：おかしいですか？

逸郎さん

原案：石橋大将

25歳。お父さんが死んだ。
弟は仕事で間に合わなかった。最後に手を握ったら嬉しそうにしていた。
お父さん、あなたはあなたなりに、精一杯やってくれたんだと思う。
24歳。逸郎さんのことを「お父さん」と呼んでみた。
逸郎さんは「うん」と言って目を閉じた。
23歳。逸郎さんが血を吐いた。胃癌だった。余命を宣告された逸郎さんは僕に
「お父さんと呼んでもいいよ」と言った。
僕が黙っていると「お父さんと呼んでくれ」と言い直した。
22歳。
21歳。お酒を飲み過ぎて知らない人を殴ってしまった。悪いことをしたとはこ
れっぽっちも思わなかった。逸郎さんは怒ってくれなかった。
20歳。パパとは血が繋がっていないことを知らされた。僕がハタチになったら

言おうと思っていたらしい。僕の本当のパパは暴力を振るう人で、背中のアザは生まれつきなんかじゃなかった。色々と納得がいった。

パパのことは「逸郎さん」と呼ぶことにした。

19歳。

18歳。行きたい大学に受かった。でもパパは弟を大学に行かせたいから学費は自分で何とかしろと言った。あいつの方が成績優秀だから仕方ないかな。

17歳。なんだか家にいづらいな。15歳。16歳。パパがお母さんを怒鳴る。僕は大声を聞くと体が固まってしまう。お母さんが僕を申し訳なさそうに見ていることがある。14歳。僕、何かしたのかなぁ。

13歳。弟が塾に通い始めた。僕は何も聞かれなかった。

行きたくなかったからラッキーだと思った。

12歳。11歳。

10歳。誕生日やクリスマスになると、パパはお金をくれる。弟にはプレゼント。

僕はお兄ちゃんだから特別扱いしてくれてるんだと思う。おんなじにしたくて、パパには内緒で弟にお金を分けてあげた。

9歳。「お父さん」って呼ぼうとしたら、今まで通りパパと呼びなさいって言われた。弟はパパのことをお父さんって呼ぶのに、何でだろう?

8歳。 7歳。

6歳。背中にアザがあるよって学校の友達が教えてくれた。

ママに聞いたら生まれた時からあったものだと教えてくれた。

2人で「あかまるちゃん」って名前を付けた。

5歳。

4歳。僕に弟が出来た。良いお兄ちゃんになるんだ。

3歳。おうちが変わったような気がする。ママが泣かなくなった。

パパも人が変わったように穏やかになった。

2歳。いつも大きな声を出している男の人がいる。

いつも泣いている女の人が僕をその人から守ってくれている。

1歳。

0歳。誰かと誰かが愛し合って、僕が生まれた。

きっと、親になったばかりの2人は、まだ泣くことしか知らない僕の未来について、果てしない希望の言葉を交わしたに違いない。

ざらざら

初めて目が覚めた時から、それは、目の前にありました。
これくらいの大きさで、重い時もあれば、軽い時もありました。
愛おしく思える日もあれば、捨ててしまいたくなる日もありました。
それは、私の為にそこにあって、表面がざらざらしています。
とりあえず私は、それを『ざらざら』と呼ぶことにしました。

ある日、私は、紙ヤスリを与えられます。
最初は、これで何をするべきなのか、分かりませんでした。
いや、今でもそれが正解だったのか、正直分かりません。
しかし私は、その紙ヤスリで、ざらざらをこすりました。
丁寧に、時間をかけて、来る日も来る日も、こすりました。
紙ヤスリは、強くこするとラジオのノイズに聞こえ、
ゆっくりこすると、海の波の音に聞こえました。

気が付くと、なんと、ざらざらした表面が、
さらさらになっているではありませんか。
触り心地が良く、感動のあまり私は、こうやって頬を当てました。
ああ、気持ちいい。なんて気持ちいい…。
私がかけた時間は無駄では無かった。
無駄では無かったのです。ありがとう……。

それからというもの、私は更に打ち込みました。
もっとこするとどうなるのだろうか…?
どこかで戦争が起きても、どこかで災害が起きても、
私の髪の毛が全て白くなっても、身体がやせ衰えても、
脇目もふらず、打ち込みました。
すると、それは、つるつるになったのです。
この世のどんな宝石よりも美しい、
直視できないほどの輝きを放つ、つるつるになったのです。

しばらくそれを見て。

私は、弱り切った身体の最後の力を振り絞って、
それを抱き締めようとしました。
しかしその時、それは私の両手をすり抜け、
落ちて、転がって、どこかへ行ってしまったのです。
勿論私は、追いかけようとしました。しかし身体がもう動きません。
私に魂があって、いや、その時あると確信したのです、
私の魂が、この身体を抜け出すことが出来れば、
皮膚の向こう側へ突き抜けることが出来れば、
私はあれを取り戻すために、どこまでも行くでしょう。
あれを取り戻せるなら、どこまででも行くでしょう。
どこまででも行くでしょう。

悪魔

調律師の男がいる。


なんでピアノの音が狂うかっていうとね、一年を通して温度と湿度が変化するからなんだ。温度が上がると金属部分や弦が拡張して、下がると収縮する。湿度の変化は木で出来た部分に影響を及ぼすんだ。

もう1つはね、ピアノの弦には、常に、20トンもの力が加わってるんだ。その圧力を解こうとする働きが生じるから、音が狂う。

そりゃあそうだよね。そんな力で引っ張られていたら、狂いたくもなるよ。弦の気持ちが分かるなぁ。弦に気持ちなんて無いだろうけどね。

…君は、調律のことを僕に聞きにきたの？

それにしても久しぶりだね。僕は、君たちのお陰でとてもじゃないけど同窓会に顔を出せないから、てっきり忘れられてると思ってたよ。君は行ってるの？

…そう。同窓会なんて馬鹿にしそうなイメージがあったけど、まあ人間ちょっとは変わるもんなのかも知れないね。

あの子は来てるかな…。古屋さんっていたろ。そうそう、古屋妙子。

髪がサラサラしてて、美人なのに笑うと歯ぐきが出過ぎちゃうんだよ。

バランスが狂っちゃう。

僕は高校の3年間ずっとあの子のことが好きだったんだ。

いやいや、とんでもない。君たちのお陰でそんな身分じゃなかったろ…。

相変わらず美人なのかな?

(笑って) そうだよな、君も僕もおじさんなんだから、そりゃそうだ。

まるでピアノの弦だね。放っておくと、少しずつ狂っていく。


同級生、土下座をする。


おいおい、どうしたんだ?

おい。え、土下座? やめてくれよ土下座なんか。なんだよ。

やめてくれよ、やめろよ。今更なんだよ。やめろっつってんだよ。

謝って済むことじゃないんだよ。おい、顔を上げろよ。

こんなことするためにわざわざ訪ねてきたの？

謝ってスッキリしたいだけだろ？　お前たちにしてみりゃちょっとした悪ふざけだったかも知れないけど、こっちにしてみりゃ…説明する言葉が思い付かないよ。

死んだら負けだって自分に言い聞かせて、学校通ってた。

立てよ。

謝罪のチャンスは与えない。


間。


悪魔って、いると思う？

真面目な質問だよ。いると思う、悪魔？

僕はね、いると思ってる。

そう思わないとね、僕に起きたことの説明がつかない。

本気で、人間のことが嫌いで、心底嫌いで、僕らを狂わせようとしている存在がいる。そう確信している。

僕はね、悪魔とは戦えないけど、戦ってる気分になる時があるんだ。
ピアノの弦を、狂った音を、1本1本直していくだろう?
僕なりに、とても小さな方法で、世の中をあるべき姿に戻している。
そんな気になれる日があるんだ……変かな。

口紅

原案：tori

三脚に乗ったスマホがある。その前で男が化粧道具を広げている。

（娘に）いいぞ、始めてくれ。
（娘、吹き出す）…何を笑ってるんだ、お前のアイディアじゃないか。
ほら、録画してくれ。

（録画が始まる）あー、優子。俺だ。帰ってきたら奈央は泣いてるわ、お前はいないわで、まだ驚きが抜け切らない。お前がどうしてそう思ってしまったのか、分からないでもないが、何の確認もせずに実家に帰るなんて早合点もいいところだ…とにかく、何から何まで勘違いだ。
今から、身の潔白を証明しようと思う。

お前が見つけたというこの口紅はだな、これはお前が疑っているような物ではなくて…いやそもそも俺の鞄の中を漁るという行為はどうなんだ、あまり感心しないぞ（娘に話を戻され）…ん？　ああ、そうだな。

（スマホに向き直り）この口紅は、つまりその、その、俺のなんだ。


男、化粧を始める。


本当なら1時間くらいかけたいところなんだが、まあ今回は軽めにな。

使い方を知ってることが、優子に伝わればいいいんだ。

お前が一番知ってると思うが、俺には趣味と呼べるものが無くてな。

でもこれは、のめり込むほどに奥の深さがあって、なるほど化粧とはちょっとの力加減でこんなに印象が変わるのかと…服を選んだり、宝石を選んだり、こんな大変なことを毎日やっているのかと、理解が生まれてくるわけだ。

女性の靴のあの痛さ。なるほど道理で歩くのが遅い。

駅の中でお前が遅れてもイライラしなくなる。

ヒールを履いた次の日なんか筋肉痛になる。

「あなたプレゼントが上手になったわね」って言われるようになったのも、センスを磨いて、自分だったら何が嬉しいかなと、そういう視点で真剣に選んでいるからだ。浮気を隠すためのご機嫌取りに思われるなんて心外だ。

（娘に説明を促され）ん？　わざわざ言葉にしなくてもさすがに分かるだろう。

…そうかぁ？（しぶしぶスマホに）だからその、アレだ、趣味というのは、あー、女装だ。ハマってるんだ、女装に。

（娘に）お前言わせたかっただけだろう⁉

大体な、お前も口紅を塗るようになったが、色の選び方を根本的に間違えている。お前の肌はお母さんに似てイエローベースなんだから、青みピンクの口紅だと顔色が悪く見える。色が馴染まないから縦じわに目が行く。

まずは己を知ることから始めるんだ。

少しオレンジ寄りのコーラルピンクが似合うんじゃないか？　ユリイカの新作、ビューティフル・フィロソフィー・シリーズ、ＢＰ７０１が合うと思うんだよ。

今度、買ってくるから試してみなさい。

（口紅を塗りながら）優子、俺が初めてこんなことをした時、実は、ホッとしたんだ。誰の上司でもない、夫でもない、父親でもない、何の責任も無い自分が、鏡に映っていたんだ。

（完成した顔をスマホに向けて）俺はこれから、もっと優しくなれる。
こんな顔で言われても気持ち悪いかも知れないが、帰ってきて欲しい。頼む。

弁慶によろしく

小さな水槽がある。泥酔した男が入ってくる。


ただいまさーん。

（水槽に近づいて）まーた1人になっちゃいましたよー。

弁慶、俺ね、振られちった。どっちかって言うと今までは、振ってきた方なんだけどね。それでなんて言ったと思う、あいつ最後に？

「弁慶によろしくね」だって。あいつお前の名前覚えてたんだな。

しょうがないからお前、帰ってきて伝えるしかないじゃないか。

よろしくだそーです。

あいつめ…凄い似合う服着てたよ。黒い、なんだかピチピチのさ。

どこ行くんだろねー、俺を振って。今頃どこで何してんでしょーか。

最後の言葉は俺にかけるべきじゃないの？　弁慶によろしくって…。

お、水が汚れてきたねー。結構汚すよね。

んー明日！　明日やります。もう全部明日。

（適当に歌って）明日〜。いつも1日先にある〜。作詞作曲俺〜。

いんや、それは良くない。投げやりは良くない。

たかが振られたくらいで（亀に）ね？


男、水槽の掃除を始める。


女に困ったことなんて無いんだから、自慢じゃないけど。

いや自慢だな。もう自慢しよっ。歴代彼女自慢コーナー！　まずは、第3位。

ん〜原田まゆみ！

もうね、ムチムチのプリップリ。とにかく胸がね（大きかったというジェスチャー）。ヤバかったなぁ、あれ。抱きしめるともうひとり間にいるんじゃないかってくらいボリューミーだった。だがしかし！

典型的なかまってちゃんでしたー。

ちょっと返信しないと「パニック発作になりそう」とか言われてね。

はい、無理ゲー。パニックはこっちだっつーの。スタコラサッサー。

第2位は〜、佐倉奈々！　とびきりのー、絶世のー、美人。

どんだけ美人かと聞かれれば、未だに写真を持ってるくらい美人。


財布の中から写真を取り出して、亀に見せる。


どうよ？　亀の世界にゃボインも美人もないだろうけどどうよ？

この子もしっかりたっぷり病んでてね、ある時、ある夜、小洒落たスペイン料理屋でそれはもうしこたまサングリアを飲んだあとですよ。ポロッと「ねえ、どうせあなたもいなくなるんでしょ」って言われたの。

おお…。楽しさのピークで出しちゃいますか人間不信。

そんなこと言われたら、その通りになっちゃうでしょ。


そしてお待ちかね、第1位は〜（口でドラムロール）中島明日香〜！

スタイル良し、性格良し、料理も出来るし、話にちゃんとオチがあるという奇跡のコラボーレーション。この子だと思った矢先、重いことを打ち明けたそうな顔で、重いことを打ち明けてきたわけ。

過食症っての？　食べては吐いちゃうやつ。

「軽くなればなるほど自分が好きになれるの」って泣きながら言ってたよ。

「その先に本当の自分がいるの」はい、アウト｜。

本当の自分って…ＪＰＯＰか。

いつもブレスミント口に入れてたよ。

あれ吐いた臭い隠すためだったんだね。


水槽の掃除が終わる。


よし…。どうだ？　気持ち良いか？

いいか、弁慶。女ってのはなぁ、仲良くなるとリスクをおかして自分の闇を見せてくるんだ。……俺は、その度に、なんと毎回、逃げてきた。

お前にしたって、世話が簡単だから、面倒臭くないから、亀にしたんだ。


……これからもよろしくな。あいつの言う通りだ。弁慶によろしく…。

よろしくな。よろしくなぁ、おい。

この野郎、首を引っ込めんなよ。

出せよ、顔。顔出せよ。向き合えよ、おい。
向き合ってくれよ！

共食い

男、落ち着いた店にいる。


…そうかぁ、安心したよ、鈴木君。

いやね、こう改まって相談したいことがあるんですって言われる時は、辞めたいって話か、宗教の勧誘か、結婚の報告か、大体この3つのどれかなんだよ。結婚の話で良かった。

一昨日君がやってくれた新規事業のプレゼン、あれが上の方にも好評でね、辞めたいって話だったらどうしようかと内心ヒヤヒヤしてたんだ。

鈴木君みたいな出来る人ほどね、ストレスを溜めやすいからね。

うーん、結婚の秘訣ねぇ…。

いい夫婦に見えると言ってもらえるのは、悪い気はしないんだがね、実際のところは分からないものだよ。

人の目がある時の振る舞いなんてね、所詮はね…。

2人だけになった時、夫婦の…本質が問われるんじゃないかな。

秘訣ねぇ、むしろ教えて欲しいくらいだよ。

1つ言えることは、何しろ長丁場だから、秘訣らしきものが1つでも見つかったら儲けもん。それぐらいの心構えが良いんじゃないかな。


私はグッピーを飼ってるんだ。知ってるかい？　そう、熱帯魚だ。

ゴルフはやめてしまったし、もう趣味といえば、彼らの、扇状の尻尾を眺めることくらいなんだ。

ちょっとした動きで、キラキラと、はためくって言うのかな、綺麗なんだ。

先週、私は出張に行っただろう？　例の、横軸でもっとコミュニケーションを取っていこうという上からの…。

まあ結局いつもの店舗巡回と変わらなかったけどね。

その間、妻にグッピーの世話をお願いしたんだ。

ああ見えて活発な魚でね、思ったより餌を食べる。これぐらいの量を、これぐらいの頻度で、と要点はメモにも書いて、出かけた。

本当は水槽の水を4分の1ほど替えて欲しくて、喉まで出かかったんだが、それは私が帰って来てからでも間に合うと思って、言わなかった。

帰って来たらね、鈴木君、1匹しか残っていなかったんだ。

12匹いたのがね、1匹しか残っていない。

何でだと思う?……共食いだよ。

私はすぐに全てを理解した。妻は、餌をやらなかった。

腹を空かしたグッピーたちはお互いを食べるしかなかった。

何が虚しかったってね、妻が餌をやらなかったことじゃなくて、それが原因だとすぐに分かってしまったことだよ。


ぼうっと水槽を見ながら、ああこれは、私たちの結婚そのものだと思ったね。

私たち夫婦は、この水槽で起きたことを、じわじわ時間をかけて、お互いにやってきたんだよ。与えるべきものを与えないから、どちらかが残るまでお互いを食べるんだ。

どうだい? 結婚したくてたまらなくなってきただろう?


私が分からないのはね、最後まで残った方が勝者なのか敗者なのかということなんだよ。1匹になったグッピーは、寂しそうに見える時もあれば、水槽を独り占めして気持ち良さそうに見える時もある。

（笑って）まさか、鈴木君。

このことについて、妻とは一言も話していないよ。

向こうもね、私が聞いてこないことくらい分かってるんだ。

これがね、私たち夫婦にとって、信頼に最も近い、繋がりなんだよ。

プリン体

酔った男が居酒屋にいる。


え!?　おめえそれまだ2杯目なの？　ふざっけんなよ。マジふざけんな。俺なんか気を付けねえとまた痛風になっちまうってのに5杯、いや6、いやもう覚えてねえよ。数えるかバカ。

あっりゃ痛えぞ。だっておめえよ、動けねんだよ、あまりの痛さに。俺はさ、おめえと違って軟弱者じゃねえから、ちっとやそっとの痛みじゃ痛えなんて言わねえの知ってっだろ?

でもあれは痛え。半端じゃねえ。プリン体には気を付けろ。

大体なんだそのネーミングは。言葉と中身が合ってねえ。

プリン体っておめえ、なんか柔らかくて甘そうじゃねえか、なあ?

（女性店員を指して）あの姉ちゃん、いいプリン体してるよな。

ってそういう言葉に聞こえんだよ、俺には。

（舌打ちして）あのプリン体モノにしてえなぁ…。

携帯にメールが来るので、見る。


ん？　ああ、奥さん。

（携帯をしまいながら）いや、早く帰るも何もねえんだ。

あいつ俺が1時間いなかったらウィスキーの瓶1本空にすんだぜ。

時間も何も分かんねえよどうせ。

今の？　画像だけどおめえぜってえ見ねえ方がいいって。（相手の表情を見て）

あ、ちげ、おめえの想像してるやつは分かったけどちげえって。

（周りを気にして）いやそういうんじゃねえって。

そういう画像送り合うバカップルも世の中いるだろうけど、そんな生半可なもんじゃねえから。マジやめとけ、ほんとやめとけ。

（笑って）まあそうだよな。余計気になるよな。

じゃあさ、面白い話すっから忘れてくれよ。

（手を上げて）お姉さん、お代わりください！

男、去っていく店員のお尻を目で追う。


こないだよ、ダチに無理矢理キャバクラ連れてかれてよ。

無理矢理ってか、そいつに言わせりゃ結婚した俺が可哀想だからおごるって言い出してよ、まあおごりならと思って行ったわけだ。

そしたら日サロ通いしてそうな真っ黒なギャルが出てきてよ、俺に付いてくれたんだけど、そいつの源氏名なんだったと思う?…ミルク。

(ウケたので合わせて笑う) ねえよな、ねえよ。

俺も言ってやったよ、おめえその色でミルクってむしろギャグだろって。

(笑いが収まり) はぁ、世の中バカばっかりだよなぁ…。

(画像のことを蒸し返され) え? おめえもしつけえな。

だから、あいつのエロ画像じゃねえし、奥さんの見せねえだろ普通。

(携帯を取り出し) 白けても知らねえぞ。


携帯を前に出して画像を見せる。それはリストカットの画像だった。

なにこれって、あいつ手首切っちまうんだよ。リストカット。
俺がダチと飲みに出掛けると手首切ってその画像送ってくんだよ。
な？　白けるだろ？　つーかなんだ俺のポーズ、水戸黄門かっ。

…いや大丈夫だよ。死にやしねえよ。
(画像を見ながら) だってこれ冷静だろ。
手首切った後、携帯のカメラ構えて、シャッター押してさ。
ボケてねえし、構図もいいし、綺麗に撮れてんじゃねえか。
(短い間) こんなことするやつがいるところに、帰りたかねえよ。
飲みたくもなるだろ。痛風んなろうがなんだろうが。痛風上等！
(ビールが来る) お、来た来た。
(手に取って眺めて) いいねぇ、プリン体。
……おめえも、もう1杯ぐらい付き合ってくんねえか。
(笑顔になって) お姉さん！　こいつにお代わりください！

白紙

男、喫茶店かバーのような場所にいる。


あるはずのものがないというのは、人をソワソワさせると思わないか？

ソワソワなんて擬態語じゃ伝わらないな…。

例えばあそこの時計。もし針がなかったら、違和感を覚えるはずだ。

あるはずのものがない。

頭が勝手に針とその位置を想像してしまうかも知れない。…ピンとこないか？

じゃあ俺の顔で考えてくれ。そうだな、この鼻がなかったとしたら、仮にここがつるんとしていたら、お前は「あるはずのもの」を想像するだろう？

それどころか、あまりの違和感に耐えきれず、俺の顔を見られないかも知れない。何かの欠如というのは、時として直視できないことがあるからな。

すまん。こんなこと話したってどうにもならないんだが、何か変えられるわけじゃないんだが、このままずっと話さないってわけにもいかないんだよ。

息子があんなことになってから、昨日でちょうど1年経ったことになる。

あんなことをしておいて、俺に宛てた遺書は無かったんだ。

母親にはあったし、あいつが仲良くしていたらしい女にもあったし、それどころか高校の恩師にもあったんだよ。

あんまりじゃないか…なあ？…あんまりだよ。


だから、無いわけがないって固まるんだ、思考が。

だから、あいつが見つかった時に、警察があいつの体を下ろしてる時に、ポケットかどこかから落ちたんじゃないか。まだ、あの裏山の木の根元らへんに転がってるんじゃないか。探しに行くんだよ。

これがさ、まあ1回や2回ならやる奴もいると思うんだ。

でもそれじゃ済まないんだよ。もう、あいつが見つかったところからだいぶ離れた木も調べ尽くしちまった。

絵が描けるよ、どこにどんな木があるか。根元がどうなってるか。

結構ゴミが捨ててあってな、あいつ、こんなところで死んだのかぁって、行く

白紙

度に持ち帰るようになって、今綺麗になったよ。まあ、せめてな。

あいつの着てた服は処分してもらったから、その中にあったんじゃないかね。

無いわけがない。無いわけがないって自分に言い聞かせて、その言葉を、あれからずっと杖にしてきたんだよ。頼りない杖だ…。


昨日、一周忌が終わって、帰ってきて、喪服のまま、書こうとしたんだ。

その、あったはずの遺書を。俺宛の遺書を。

最初は、何かの裏紙を手に取ったんだが、思い直してプリンターの中からちゃんとした紙を持ってきた。

普通のペンじゃないなってこれも思い直して筆ペンに変えた。

真っ白な紙を前に、息子の気持ちになろうとした。


間。


なんにも出てこないんだ。

俺が言ったことしか覚えてないんだ。

「就職すればどうにかなるから」とか「自立が一番大事なんだ」とか。
どれもこれも、親じゃなくたって言えることばっかりなんだ…。

白紙だ。あいつが何を言ったか全く思い出せなかった。
息子の気持ちが全く分からなかった。
紙切れ1枚、埋めることすら出来なかった。

証明写真

原案：長谷川葉生

対人恐怖症の男、写真屋に来ている。


あぁ、やっぱり珍しいんすか…。

あのぅ、駅の近くにある、なんだ…証明写真が撮れる、箱みたいな、ああいうとこで、うん、やってもいいんすけど、ちゃんと、なんか人間に撮ってもらいたくて…あ、はい。

自分的に、人と目を合わせてお願いしますっていう、そんな方法で撮った写真を今回使いたいんすよ。


あ、はい、儀式つったら言葉違いますけど、なんかあんな箱の中で、録音された声の命令に従って撮った写真貼って、それで、ねぇ、それで面接に行くんじゃあなんか違うんすよ。

あ、はい、自分あの…しばらく働けてなくて。

前はアパレルの、まあ色んなブランド持ってるとこの、店長やってたんすけど…もう、ダメんなっちゃって…。

あの、店員のみんなをまとめることが出来なくて。なんか段々店頭に立つの怖くなったりして、もうずっとバックヤードで伝票整理したり在庫のチェックしたりとか…そっちに逃げるようになっちゃって。そしたらバックヤード専門のスタッフが応援に来るようになっちゃって、居場所がなくなっちゃって。ノルマにも全然届かないし…いやつまんないすよね、こんな話。

ちょっとやっと、やっと、人と話せるようになってきたんで、もう1回どっかなにか、世の中の一部に入って行きたいんすよ。だから写真も、ちゃんと世の中の一部でやってる写真屋さんに行こうと思って、来ました。

あ、はい、了解です。

男、カメラの前に座る。

いやぁ多分笑顔とかじゃないと思うんすけど…。

　　間。シャッター音と閃光。

あっ、なんかあの、あれすか？　撮るタイミングってこう、3、2、1の後でシャッター押すんじゃなくて1で押すんすか？
なんかそれ変じゃないすかね？
あ、まぁ、いやじゃあ、次はどのタイミングで来ます？　あ、はい。

　　間。シャッター音と閃光。

やっぱなんか、俺クレーム付けたから次はもしかして1の後で押してくれるかなって思うじゃないすか？　ちょっと、見してもらっていいすか？

　　男、回り込んでカメラの液晶モニターを見る。

いややっぱ変すよねこの顔。

いやまぁ元の、元の顔が変じゃんって言われたらオジャンすけど。普通のタイミングで押してくれれば、やっぱその、心の準備が、そのコンマ何秒で違うんすよね、はい。（もう一度見て）何すかこれ？　これじゃダメでしょ！　プロでやってんだから、これじゃダメでしょ！

駅前のあれだったら７００円か８００円で出来ることを、俺10倍近いお金出すんすから。ちゃんと考えてくんないと、カスタマーサティスファクションを！


男、自分を落ち着けるおまじないのような動きをする。


…サーセン。もうダメなんすよ怒るタイミングが変で、はい、あなたのシャッターじゃないすけど。

多分、ずっと我慢してたから、怒れなくなっちゃって。

こんな、ね、怒ったところであなた良い人そうだから、何のリスクも無いことが分かってる時しか怒れなくなっちゃったんすよ。

多分、あんなに我慢しなければ、こんな変にもなんなかったし、辞めたりとかしなくて良かったはずなんすけど。なんだよぅ…優しそうな人にしか声を上げることが出来ない…ごめんなさいごめんなさい。

いい写真が撮りたいだけなんです。
いい写真を撮って、この人大丈夫そうだなって思って欲しいだけなんです。
いや、まずは自分に、自分は大丈夫なんだって証明したいんです、はい。

ヒモ理論

原案：高嶋みあり

乾き物を持った男、登場。


ねえフミコさん、ビール切らしてるよ。

今日お祝い気分だから飲みたかったのに…。

お金のかかることはフミコさんの担当でしょ？

うん、お客さんがね、お墓のデザインを気に入ってくれてね。

ほら、クラシック好きの旦那さんが亡くなっちゃったっていう。

じわじわディテールを引き出してくと、生前、グランドピアノを置きたがってたんだって、自宅に。まあスペースの問題で諦めたらしいんだけどね。

これ聞いちゃったらもう、ピアノ型の墓石しかないでしょ。

だから上蓮華《うわれんげ》、下蓮華《したれんげ》をこの際無しにして、竿石をグランドピアノの屋根の形、こういうカーブのあるじゃない？　にカットして、水鉢の奥の石を鍵盤にしたんだ。表面を細かく削ってね。

やってくれる人見つかるまで何軒も石材店回ってさぁ。で選んだ石なんだけど、ピアノだから黒にしたんだけど、水をかけると色の深みが増す石をチョイスしたのね。残された家族がお墓参りに行って、こう水をかけた時に黒く艶を帯びてピアノが完成するっていうかさ。奥さん泣いて喜んでたよ。墓デザイナー冥利に尽きるね。

ビール買いに行ってくるけどなんかいる？
おっけ、じゃあお金ちょうだい。
だってギャラがまだだから。
ギャラが入ったら温泉でもどこでも連れてってあげるから。

フミコ、男の荷物をまとめ始める。

わわわわわ。なんで僕の荷造りしてんの？　温泉は今じゃないよ？
ちょちょちょ、出て行けるわけないでしょ？
だって僕ストリングだよ、ストリング。あほら、英語でヒモって意味ね。
そりゃダメ男だよ、誰がどう見たって。

開き直ってるさ、なんなら最初から。

フミコさんだってそりゃ立派なダメ女だよ、何年もこんなの飼い続けてんだから。何を隠そう、同類。

それどころか、いつか僕が変わるかも知れないって自分に嘘をついてる分だけ重症。変わらないよ。不変。ステディ。超安定だよ、収入以外は。


わ、お墓なんてとか言っちゃう？

フミコさん座って。座って。いいから座る。

人間に魂があったとする。分かんないよ、でも人間の歴史、宗教、営みを見てると「あるんじゃないか」って前提が散らばってる。

死後の世界が、本当の本当に、あったらどうすんの？

死後の世界があって、そこで住む場所がお墓かどうかそりゃ分かんないよ。

でも万が一お墓の周辺ウロウロするのがルールだったらどうすんの？

そうなるとはいこれ、ただの石じゃないでしょ、もう家でしょ。

そうなるとはいこれ、見た目大事になってくるでしょ。

墓デザイナー、手放さない方がいいでしょ。

僕嫌だな、死んでからもフミコさんに怒られて、僕がヘリクツ並べてその場をしのぐみたいなの。言葉の賽の河原じゃん。

(意味を確認されるので) え? そりゃだって、フミコさんは、現世だけじゃなくて、死んでからも一緒にいたい人だから…。

あ、キュンキュンしちゃってるでしょ。

じゃあ…お金ちょうだい?

(もらって) あざーす。あの世で返しまーす。


男、行きかけて振り向く。


もうお墓なんてとか言わないでね。

お墓って、あるのか無いのかどうなってるのか誰も知らないところに、誰かが先に行ったっていう勇気の証だからさ。

タイムカプセル

男、アルミの箱を持って入ってくる。男の妻が興味を示す。


うん、いやね、お前が掃除しろ掃除しろ言うから休日返上でやってたじゃん。掃除ってなんだかんだやり出すとハマるじゃんね。もう全部ひっくり返してやろうって変なエンジンかかってたらこれ、ねえこれ、見てこれ。押入れの奥から。

多分、小4か小5ん時かなぁ。タイムカプセル。担任の先生がさ、やる気あり過ぎるタイプでさ、いるだろ？　なんかやらされたんだよ。未来の自分に届けましょうみたいな。

はは、さすが俺、どこにも埋めてねえの。

お陰様でちゃんと届きましたねー。


男、タイムカプセルを開けてプラモデルを取り出す。

やべえ。見てこれ、ガンダムマークⅡ。俺これ大好きだったんだよ。一言にガンダムつってもクラスじゃゼータガンダムが人気でな、あとここにメガ粒子砲が付いてるダブルゼータガンダムと、フィンファンネルってめちゃくちゃかっこいい羽みたいなのがあるニューガンダムとで、どれが一番強いかって喧嘩になるくらいなわけよ。

みんなに話合わせてたけど、俺はこのマークⅡが一番かっこいいと思ってたんだ。

ちょっと見惚れてから、次の物を出す。それはミニ四駆である。

これにはお小遣いを注ぎ込んだなぁ。

（妻のコメントに対して）お前「ミニ四駆」はただの総称だかんな。

これは、ダッシュ四駆郎が持ってたダッシュ1号エンペラー。

クラスのやつらは色んなパーツ買って改造してさ、あーなんつったかな、速そうな名前のモーターとか、ホイールの中にこう歯車が入ったのとか、衝撃を和らげるバンパーつったかな、俺も改造したくてしたくて。でもお小遣いが少ないからこれ買うだけで精一杯で…何したと思う？

左右のタイヤを繋げるホイールシャフトってのがここにあるんだけどね。それを火で炙れば速くなるって噂を聞いてさ、やったの。ペンチで端っこつまんで母ちゃんにガス台の火つけてもらって。炙ったあと水に漬けるとジュッていうんだよ。

（ミニ四駆のスイッチを入れるが、反応はない）そりゃそうだよな。25～26年前だもんな。

（ミニ四駆をガンダムの隣に置いて）はは、俺の大事な物ってプラスチックばっかじゃねえか。


男、次はシールの束を取り出す。


マジか、ビックリマン！　しかもキラキラばっかり入ってる。

あこれ、交換してゲットしたやつだ確か。箱買いしてるやつがいてさ…。

うおーヘッドロココ！　ホログラムのヘッドロココ！　これが欲しくて何個も買って、お菓子だけ捨ててさぁ。

（妻も覚えていて）あそっか、お兄さんも同じ世代だもんな。やっぱ捨ててたお菓子？（笑って）お前が食わされてたのか。

いやそうなんだよ、普通に美味いんだよ、でも3つも4つもは食えないだろ？だからお菓子だけ捨てちゃう子供が続出してあの頃ニュースになってたよ。（シールに見入って）なんでかなぁ、未だにワクワクするよ、こんなちっちゃな紙切れなのに。

男、箱の底から封筒を引っ張り出す。

これは何だ…？（封筒の中から家族写真が出てくる）見てこれ。俺の誕生日ん時だよ。ロウソクが1本、2本…8本。8歳か。親父も母ちゃんも若いなぁ。ってことは、え、ってことはこの中の2人は、今の俺より若いのか…。マジか。えーマジか。何この感じ。（妻が笑うので）だってさ、この人たちの未来は既に俺の過去なんだよ、凄くない？（妻の言葉に相槌を打ち）…ね、年を取るって何だろうね。取らなきゃダメかね。あうん、もうちょっと見てから寝るよ。うん。おやすみ。今日もお疲れさん。

男、妻が出ていってから、写真に言葉をかける。

あなたたちにはこれから、色んなことが起きるけど、どうにかなるから…。

　涙目になっていたところに、男の息子が入ってくる。


おーどうした翔太？　おしっこか？…お父さんも、もう少ししたら寝るよ。

（息子に心配されるので）いや別に悲しいわけじゃないんだよ…。

ありがとうね。翔太は優しい子だね。

（息子、タイムカプセルに注目する）これはタイムカプセルって言うんだ。

…そう。お父さんが翔太よりちょっと大きかった頃に、大事な物を集めて、これに入れたんだ。そうだなぁ、未来の自分にプレゼントを用意するようなもんかな。

…そうか。じゃあ何か入れ物持ってきな。


　男、息子が入れ物を探す間、写真を見る。息子、戻ってくる。


お、いいね。丈夫な方がいいもんな。

…それは翔太が決めないとダメだろう。

…そうだなぁ、大事な物を入れるといいよ。
本当に大事な物ってな、意外と少ないんだ。
だから、それくらいの入れ物で十分だよ。
…うん。大事な物を入れるといいよ。
本当に大事な物を、入れなさい。

男、愛おしそうに子供を見ている。

点繋ぎ

観客に背を向けたキャンバスのようなものがある。鏡やガラスでも良いし、何も無くても成立するかも知れない。そこに、スーツ姿の男が入ってくる。

どうぞ、こちらへ。お待ちしていましたよ。
…はい、お客様のはこちらでございます。どうぞご覧になってください。

男、キャンバスの内容に困惑する客を見ている。

どれも…一つ一つは大したことありません。
あなたも、頭では取るに足らないことだと理解されているはずです。
しかし、何の前触れもなくこれらを思い出してしまった瞬間は、ヒヤッと、まるで自分の過去に脅かされたような、クシャッと、まるで魂を誰かに摑まれたような、そんな感覚になるそうですねぇ。

酷い時は体が反応し、こう、少しうずくまり「ごめんなさい、ごめんなさい」と、誰に対してでもなく、謝ってしまうことさえある。
私共は便宜上これらを「汚点」と呼んでいます。
私共からすれば、その呼び名はいささか過剰反応とでも言いましょうか…。
本来、どれも主張の強い思い出にすぎません。

客が、汚点の１つを指す。

あーそれはですね、お客様が大学生の頃、あるパーティーで踊った時の…ええ、そうですそうです、踊るのが初めてで、それがバレないように見よう見まねで頑張っててらした。それを見た近くの女性が「ひゅー」とあなたを煽り、幾分調子に乗ってしまったあなたは、片手を床に着けて腰を振ったり、回転しようとしたり…。周りは、あなたが苦しくてのたうち回ってるのかと勘違いをし、踊るのを止めてしまった。

（客の顔を見てから）今となってはお客様もお分かりでしょう？

そこにいた全員、リズムに合わせて踊っていたのではなく、格好をつけたい、恥をかきたくない、そういった切迫感にむしろ踊らされていたということを。

客が、別の汚点を指す。

はい、そちらはですね、お客様が中学生の頃、スケートボードが流行りまして、サイズの合わない服を着るのが一種のステータスとなり…はい、この汚点も結構頻繁に思い出されてますね。
ええ、ですので少し大きめなんです。
髪を伸ばし、その格好が多少馴染んできた頃、あなたを見てた女子高生グループの前で、勢い良く前髪をどかしましたね。（クイッと顔を上げて）こんなふうに。勿論彼女たちは「なにあれ？」という具合に笑いました。

客、汚点の内容を次々と尋ねてくる。

それは好きでもない子にプレゼントをして勘違いをさせた時ですね。
そちらは、花束を渡したら目の前で捨てられた時ですね。

えーそれは、気になっている女性をアバズレと呼んだ夜ですね。

（客の様子に気付いて）ああ、お客様、どうかガッカリされないでください。

少し離れたところから、この汚点の地図を見てやってください。

仮に、汚点が全く無かったとしましょう。

これが真っ白だったとしましょう。

すると、あなたはまるで存在しなかったも同然ではありませんか？


小さい頃、点繋ぎという物がありましたね。

紙の上の点を繋いでいくと何かの絵が完成する。子供に向けた物ですので、まあゾウさんだとか、滑り台だとか、飛行機だとか。


私がよく思うのは、汚点も繋いでいくと何かの絵になるのではないかということです。どれも、線を引く為の、道しるべなのではないか…。

そう思うとあら不思議、点が足りなくなってくる。

これに収まるぐらいじゃまだまだ、まだまだなんですよ。

きっともっと、大きな絵なんです。

見えてきませんか？
……どんな絵であって欲しいですか？

◇上演記録

女優モノローグ劇『穴』
2013年11月6日（水）～11月10日（日）
ギャラリー LE DECO 5F

キャスト

石川麻衣
斉藤まりえ
田村愛
橋本紗也加
藤原麻希
森美紗央
徳岡温朗

スタッフ

作・演出：渋谷悠
舞台監督・照明：サイトウタカヒコ
アクティングコーチ：ｔｏｒｉ
美術：森岡美希
宣伝写真：チョーヒカル
フライヤー：横山徳
制作協力：株式会社ベートーベン
協力：株式会社スイッチ　スターダス・21
企画：tori studio

FEMALE MONOLOGUE PLAY『穴』
2017年11月24日（金）～11月26日（日）
下北沢亭

キャスト
原陽子
藍玉祥世
小林郁香
可児菜穂子
美紗央
悠稀智惠

スタッフ

作：渋谷悠
演出：神山一郎
バイオリン：池澤卓郎
写真：斉藤未生
協力：演技集団オムニプレゼンス　オフィスマイティー　牧羊犬
企画制作：chie drama studio

渋谷 悠（しぶや・ゆう）

1979 年、東京都八丈島生まれ。脚本家、映画監督、舞台演出家。
アメリカ・インディアナ州パーデュー大学院にて創作文学の修士号を取得。
日米共同制作の短編映画『自転車』が第 66 回ベネチア国際映画祭を含む
世界 23 の映画祭で入選・受賞を果たし、自らの作風に確信を得る。

2014 年に旗揚げした演劇プロデュースユニット牧羊犬は、緻密な人間ドラマと
大胆な構成力、そして映像的な演出が話題を呼び、着実に公演を重ねている。

2018 年に劇場公開された脚本・プロデュース長編『千里眼（CICADA）』が
ロサンゼルスアジア太平洋映画祭とグアム国際映画祭でグランプリを受賞し、
世界中の映画祭で高い評価を得る。

構成を担当した『パラリンピック・ドキュメンタリーシリーズ WHO I AM
シーズン 2（ベアトリーチェ・ヴィオ）』が第 46 回国際エミー賞にノミネート。

映像・舞台制作の傍ら、ナレーション、トークイベントの出演、
eigaworldcup 脚本部門審査員、東京フィルムセンターや tori studio にて
特別講師を務めるなど、その活動の幅は広い。

公式サイト：http://www.shibu-shibu.com
ツイッター：https://twitter.com/yshibu97

スペシャルサンクス

渋谷正直、寿々、宇賀飛翔、阿弥、tori、中江翼、David McDaniel、長谷川葉生、
谷中啓子、大川祥吾、石川麻衣、斉藤まりえ、田村愛、橋本紗也加、藤原麻希、
森美紗央、Ako、長部努、小関翔太。

協力

一般社団法人 日本アクティングコーチ協会
tori studio
スタジオ・トポス
牧羊犬

「まっくら森の歌」(pp.90-92)
作詞：谷山浩子／作曲：谷山浩子

上演許可申請先
上演に関するお問い合わせは、
下記メールアドレスへご連絡ください。
info.yushibuya@gmail.com

モノローグ集 穴

2018年11月10日　初版第1刷発行
2021年11月30日　初版第3刷発行

著　者　渋谷悠
発行者　森下紀夫
発行所　論創社
〒101-0051 東京都千代田区神田神保町 2-23　北井ビル 2F
tel. 03（3264）5254　fax. 03（3264）5232
web. http://www.ronso.co.jp/
振替口座　00160-1-155266

企画／with MYU
プロジェクトマネージャー／西田みゆき
カバー写真／チョーヒカル（ボディペイント）、守谷周人（モデル）、武重到（撮影）
装幀／チョーヒカル、三崎了
組版／フレックスアート
印刷・製本／中央精版印刷
ISBN978-4-8460-1757-6　
落丁・乱丁本はお取り替えいたします。